さよなら、スパイダーマン

MY SISTER LIVES ON THE MANTELPIECE

ANNABEL PITCHER

アナベル・ピッチャー

中野怜奈 訳

偕成社

目次

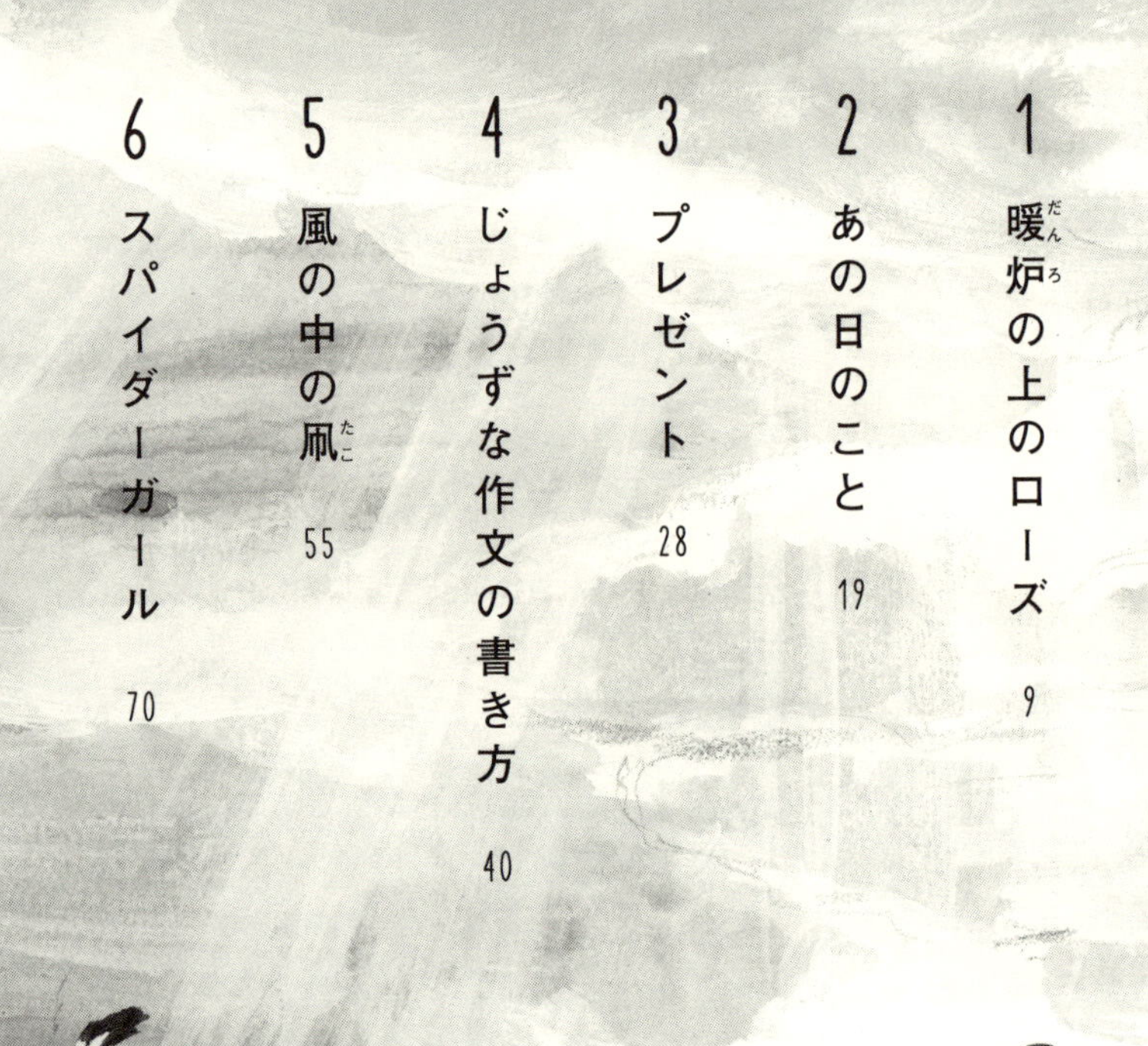

ここまで導いてくれた両親に

ILLUSTRATIONS : SYOZO TANIGUCHI
BOOKDESIGN : ALBIREO

さよなら、スパイダーマン

1 暖炉の上のローズ

ぼくの姉さんのローズは、暖炉の上においてある壺の中にいる。でも、ぜんぶがそこにいるわけじゃない。三本の指と右のひじと右のひざは、ロンドンにあるお墓の中にはいってる。

五年まえの九月九日、警察の人がばらばらになったローズの体を見つけたとき、母さんと父さんは大げんかをした。母さんは、「いつでもお参りにいけるようにお墓をつくりましょう」って言って、父さんは、「火葬にして遺灰は海にまこう」って言いはったんだ。十歳だったジャスは、そのときのことをよくおぼえてるけど、ぼくは五歳だったから、あまりおぼえてない。だから、こういうことは、あとになってジャスが教えてくれたんだ。

ジャスのほんとの名前はジャスミンだけど、ぼくはいつもジャスってよんでる。ジャスとローズは、ふた子だった。父さんたちは、「二人はいまもふた子だよ」って言うけど。ローズのお葬式のあと、ジャスは何年もずっとおなじような服を着せられてた。花がらのワンピースにカーディガン、ストラップのついたぺったんこのくつ。こういうの、ローズは好きだったかもしれないけど、ジャスの趣味じゃないのに。

七十一日まえ、十五歳になったジャスは、髪を切ってピンクにそめて、鼻ピアスをあけた。もうぜんぜんローズみたいじゃないって、父さんも母さんもショックを受けた。そのあと、母さんは父さんとけんかして、遺族サポートグループの男の人のところにいっちゃったんだ。


五年まえ、母さんと父さんは、ばらばらに見つかったローズの体を半分ずつにわけた。母さんは、かわいらしい白い棺桶に自分の分を入れて、かざりのついた白い墓石に〝わたしの天使〟ってきざんで、その下にうめた。父さんは、肋骨二つと鎖骨、足の小指と頭蓋骨のかけらを火葬にして、遺灰は金の壺に入れた。

でも二人とも満足してないみたいだ。自分の好きなようにしたのに、信じらんないよね。「いくと気がめいるのよ」って、母さんはお墓にいかないし、父さんは毎年、命日に遺灰を海にまこうとするけど、そのたびに気が変わるようなことがおきて、いつもやめちゃうんだ。デヴォンの海には銀色の魚がうようよいて、ローズが食べられちゃいそうだったし、コーンウォールでは、父さんが壺をあけようとしたら、カモメが壺の上にウンコしたんだ。げらげら笑って見てたら、ジャスが悲しそうな顔をしたから、あわてて笑いをこらえたよ。

引っ越しが決まったときは、〈ローズが中心のこんな生活も、ロンドンからはなれたら終わるかも〉って思った。いまは不況で、国にお金がないから、建設現場の仕事も少なくて、父さんはもう何年もはたらいてなかった。でも、母さんが出ていったあと、知り合いの知り合いが仕事をくれて、父さんは湖水地方のアンブルサイドではたらくことになって、ロンドンのフィンズベリー・パークのアパートを売りに出した。

引っ越しの日、ぼくはジャスとかけをして、母さんが見送りにくるほうに五ポンドもかけた。結局、きてくれなかったけど、ジャスは、ぼくのお金を受けとらなかったんだ。

ジャスが車の中で「あてっこゲームしよう」って言うから、「ぼくらがよく知ってる、ロではじまるものはなーんだ?」って問題を出した。かんたんな質問なのに、ジャスは答えようとしないんだよ。ひざの上で、猫のロジャーがヒントをあげるみたいに、のどをゴロゴロ鳴らしたのに。

アンブルサイドは、ロンドンとはずいぶんちがう。ここはしずかで、木がたくさんあって、天国の神さまのおしりにつきささりそうなほど高い山にかこまれてる。まがりくねった道をすすんでいくと、ぼくたちの家が見えてきた。

あたりに子どもがいないか見まわしてから、「人がいないね」って言うと、「イスラム教徒が、だろ?」って、朝から一度も笑わなかった父さんが笑った。ぼくとジャスはなんて答えていいかわからなくて、だまって車をおりた。

　ぼくたちの前には、白いかべの大きな古い家があった。茶色いかべの、新しいけどせまいロンドンのアパートとは、まるでちがう。ロンドンのアパートは、ぱりっとした制服を着て、真剣な顔で、似たような仲間と隊列を組む兵士みたいだったけど、この家が人間だとしたら、歯のない口でニッと笑ったおばあちゃんってとこかな。ぼく、絵はけっこう得意だから、顔のついた家の絵を描いて母さんに送ってあげよう。母さんは美術大学で教えてるんだ。ぼくの絵が気にいって、学生に見せてまわるんじゃないかな?

　母さんの家からは遠くなるけど、引っ越しは楽しみだった。ロンドンに住んでたとき、「ぼくの部屋はせまいからローズの部屋にうつらせて」って、どんなにたのんでも、きいてもらえなかったから。父さんは、「ローズの部屋はそのままにしておこう」って言うんだよ。神聖な場所だから、ちょっとはいってみるのもだめなんだって。

　ローズのものは「神聖なもの」なんだってさ。古くさい人形の山も、かびくさいピンクの布団も、すりきれたクマのぬいぐるみも。まえに、学校から帰ったあと、ローズのベッドでぴょんぴょんとんだときは、神聖な感じなんてしなかったけどな。そのときは、ジャスに見つかって「やめなさい」って言われたけど、ジャスは「父さんには言わない」って約束してくれた。

　ぼくたちは車からおりて、新しい家をながめた。夕日が山を赤くそめ、家の窓（まど）に、父さんと、ジャスと、ロジャーをだいたぼくがうつってる。それを見たら、〈これから、まるっきり新しい人生がはじまって、なにもかもうまくいくかも〉って、一瞬（いっしゅん）、一〇〇〇分の一秒くらい、そんな気がした。

　父さんはスーツケースをつかんで、ポケットから鍵（かぎ）をとりだし、庭の小道を歩いていった。ジャスはにこっとして、ロジャーをなでてから歩きだした。ロジャーを下におろすと、すぐにしげみの下にもぐりこんだ。しげみからつきでたしっぽが、どんどん遠ざかっていく。

ジャスが玄関（げんかん）の前でこっちをふりかえった。

「ジェイミー、早く！」

　ぼくは走っていって、ジャスと手をつないで家の中にはいった。

　居間（いま）をのぞくと、スーツケースの中身をあわてて出したみたいに、服がちらばっていた。なにかをにぎりしめて床（ゆか）にうずくまってる父さんを見て、ジャスの手がこわばる。ジャスは、さりげなく声をかけた。

「お茶でも飲まない？　やかんはどこに入れたっけ」

不自然に高い声だった。父さんは、ローズの壺をにぎりしめていた。

「新しい家は気にいったかい？　なぁ、ローズ……」

父さんは壺につばをつけ、ひかるまで服のそででみがいて、まえの家にあったのとおなじような、うっすらとほこりのつもったクリーム色の暖炉の上においた。


ジャスは、大きいほうの部屋をとった。すみに古い暖炉のある部屋だ。つくりつけのたんすは、黒い服でいっぱいになった。天井の梁につるされたウィンドチャイムは、息を吹きかけるとシャラシャラ音をたてる。

ぼくの部屋は、もっとカッコいい。すっごく大きな出窓から裏庭が見わたせて、庭には、風が吹くときしむリンゴの木や、池があるんだ。出窓の前にすわれるように、ジャスがクッションをくれたよ。

ロンドンは、ビルや車のせいで町が明るすぎて星が見えないけど、ここではよく見える。最初の晩は何時間も星を見て、ジャスから星座をたくさん教えてもらった。ジャスはいま、星占いにはまってて、毎朝、インターネットで〝今日の運勢〟を見てる。その日になにがおきるか、わかるんだって。このあいだ、ジャスは〝予期せぬできごとに見舞われるでしょう〟っていう予想にびびって、仮病をつかって学校を休もうとした。「どんなできごとか知らないままで後悔しない？」ってきいたら、ジャスは、「知りたくなかったって思うようなことでも？」って言って、ベッドにもどって頭から毛布をかぶった。

ジャスはもうふた子じゃないけど、ふた子座で、ぼくはライオンの星座、獅子座だ。ジャスは、出窓の前でクッションにひざをついて、獅子座がどこにあるか教えてくれた。
「ライオンに見えないよ」ってもんくを言うと、「でも、つらいとき、銀のライオンが空から見まもってくれてるって思うと、勇気が出るでしょ」って、ジャスは言った。
「ここから新しい人生がはじまるって父さんも言ってたし、つらいことなんておきないでしょ？」ってきこうとしたけど、父さんがまた暖炉に壺をおいてたのを思い出したら、急に自信がなくなって、なにも言えなかった。

つぎの朝、ごみ箱でウォッカの空きびんを見つけた。引っ越したら、父さんもちょっとは変わるかと思ったのに。

引っ越しのとき、荷物の中からまっ先に壺を出した父さんは、そのあとローズのアルバムと自分の服だけはかたづけた。ベッドとソファーは引っ越し屋さんがはこんでくれたけど、それ以外の荷物は、ぼくとジャスでなんとかしたんだ。〝聖なるもの。取扱注意〟って書かれたでっかい箱は、あけないでそのままにして、大雨かなにかで浸水したときにぬれないようにビニール袋でおおって、地下室にしまった。地下室のドアをしめるとき、ジャスの顔を見たら、涙で化粧が落ちて目の下が黒くなっていた。

「ローズのこと、つい考えちゃわない？」ってきかれて、ぼくが首をふると、ジャスは言った。

「そうなの？」

「死んだ人のことを考えてもしかたないじゃん」

ジャスは、とがめるような目でぼくを見た。

「そんな言い方はやめて」

なんで、「死んだ」って言っちゃいけないんだろう？

ローズは死んだ。死んだ、死んだ、死んだ、死んだ。

母さんは、「亡くなった」って言う。父さんは、天国なんて信じてないくせに、「苦しみのない場所にうつされた」って言う。父さんにとって「苦しみのない場所」は、棺桶と金の壺の中なのかも。

去年、ぼくはカウンセラーから、「まだお姉さんの死を受け入れてないようですが、いつかその事実がほんとうに理解できたら、泣けるようになるでしょう」って診断された。その太ったカウンセラーのところにいかされたのは、この五年間、ぼくが一度も泣いたことがなくて、ローズのために泣いたこともないからだ。でもさ……「ほとんどおぼえてない人のことで泣ける？」って、ぎゃくにききたいよ。

みんなは気づいてないのかもしれないけど、小さかったぼくは、ローズのことはあまりおぼえてないんだ。たとえば、ジャスとローズが休みの日に、ホースから出る水の上をとびこす遊びをしてたのは、なんとなくおぼえてる。でも、どこで遊んでたとか、ローズがなにを言ってたとか、楽しそうだったかなんてことは、おぼえてない。

近所のお姉さんが結婚したとき、ジャスとローズは花嫁のつきそい役をした。結婚式の最中に、母さんがスマーティーズのマーブルチョコをぼくににぎらせてくれた。いちばん好きな赤いマーブルチョコは食べるのが惜しくて、手がピンクになるまでにぎりしめてた。そんなことはおぼえてるのに、ローズがどんな服を着て、どんなようすで入場したのかは、どうしても思い出せないんだ。

お葬式のあとで、「ローズはどこにいるの」ってきいたら、ジャスは、暖炉の上の壺を指さした。「こんな小さな壺にどうやってはいったの？」って言ったら、ジャスは泣いた。っていうか、泣いたらしい。ぼくはおぼえてないから。

まえに、好きな人物について作文を書く宿題が出て、ぼくは、ウェイン・ルーニーがどれだけすごいサッカー選手か、十五分かけてノートにびっしり書いた。でも、母さんは、ぼくにそのページをやぶらせて、ローズのことを書かせようとしたんだ。もちろん一行も書けなくて、そしたら母さんはぼくの前にすわって、目をうるませて、顔をまっ赤にしてほほえんだ。

「こう書いたらどう？　ぼくが生まれたとき、姉さんのローズは、ぼくのおちんちんを見て、『これは虫なの？』ってきいたらしいって」

「そんな作文、ぜったい学校に出せないから」

そう言ったら、母さんの顔から笑顔が消えて、涙が鼻からあごにつたって落ちた。ぼくは、母さんを傷つけてしまった気がして、結局、言われたとおりに書いた。数日後、先生は、授業でその作文を読みあげて、金の星のシールをくれたけど、この作文のせいで、ぼくは〝虫〟っていうあだ名をつけられちゃったんだよ。

2 あの日のこと

明日は、ぼくの誕生日だ。来週からは、アンブルサイド英国国教会学校にいくことになってる。

「家から二マイルもあるけど、ロンドンみたいに電車やバスはないし、父さんが酔っぱらってて、車で送ってくれなかったらどうしよう?」

ぼくより一マイル先の学校に通うジャスに相談したら、「そしたらいっしょに歩こう。ダイエットになっていいじゃない」って言われた。ぼくは、筋肉ゼロの自分の腕を見てつぶやいた。

「ガリガリにやせたい女の子にはいいだろうけどさ」

ジャスはやせる必要ないのに、カロリー表示はじっくり見るし、ほんのちょびっとしか食べないんだ。でも今日は、ぼくのためにケーキをつくってくれた。「バターのかわりにマーガリンをつかって、ほとんど砂糖を入れてないヘルシーなケーキ」って言ってたから、おいしそうに焼けてたけど、変わった味がしそうだなぁ。明日はぼくの誕生日だから、ぼくが切りわけるんだよ。

プレゼントがとどいてるかもって思ったのに、カレー屋のチラシしかきてない。父さんはイスラムっぽいものがきらいだから、これは見せないほうがいい。母さんのプレゼントはまだこないけど、きっと明日にはとどくよね。

ロンドンをはなれるまえ、ぼくは、〝引っ越しました〟って印刷されたカードを母さんに送った。なにを書いたらいいかわからなかったから、新しい家の住所と、ぼくの名前だけ書いて。

母さんは、遺族サポートグループで出会ったナイジェルっていう男の人と、ロンドンのハムステッドで暮らしてる。ナイジェルには、まえに追悼集会で会ったけど、鼻がまがってて、ひげがもじゃもじゃで、パイプをすってて、本を書いた人についての本を書くっていう、よくわかんない仕事をしてるおじさんだった。

ナイジェルも、五年まえの事件でおくさんが死んだらしい。もし母さんとナイジェルが結婚したら、新しく生まれる子どもにローズって名前をつけて、ぼくや、ジャスや、ナイジェルのおくさんのことはわすれちゃうかもしれない。でもナイジェルは、ばらばらになったおくさんの体を火葬にして、遺灰は暖炉の上の壺に入れて、結婚記念日にはその横に花をかざってるかもしれないし、そしたら母さんもうんざりするかも。

そんなことを考えてたら、ロジャーが部屋にはいってきた。ロジャーは、夜はいつもぼくの部屋にきて、ぽかぽかした暖房のそばでまるくなる。そこがお気に入りの場所だから。

ロジャーは、車が多いロンドンでは外に出せなかったけど、ここでは自由に外に出て、庭で狩りをするんだ。このまえの朝、玄関のすぐ外で、灰色のネズミみたいな動物が死んでいた。さわりたくなかったから、紙をとってきて、木の枝でつついてその上にのせ、ごみ箱にすてた。でもやっぱり気がとがめて、ごみ箱からひろって、生垣の下において草をかぶせたら、ロジャーが、〈せっかくとってきてあげたのに、うれしくないの〉っていうみたいに、ミャアって鳴いた。

「気持ちわるいよ」って言うと、ロジャーは、ごめんっていうみたいに、ぼくの右足に茶色の毛をすりよせた。

ぼくは死体を見ると、ぞっとするんだ。ひどい言い方かもしれないけど、ローズが死ぬ運命だったなら、体がばらばらになって死んでよかった。写真にうつったままのすがたで、地面の下で冷たくかたくなっていくなんて、ひどすぎるから。

むかしの写真を見ると、おもしろいジョークをきいたみたいに楽しそうに笑ってたり、目をほそめてほほえんでたりして、ぼくたちも幸せな家族だったんだなって思うんだ。ローズが生きていたときの写真は、五つの箱に何百枚もぐちゃぐちゃにはいってて、父さんはよく何時間もながめてた。

一年まえ、父さんはようやく写真を整理する気になって、本革の表紙に金文字のはいった豪華なアルバムを十冊買ってきて、毎晩、何か月もかけて、新しい写真から順にはっていった。そのあいだ、父さんはぼくたちと口をきかなくなって、お酒ばかり飲んで酔っぱらって、半分くらいの写真がまがっちゃって、つぎの日にまた、はりなおしていた。

母さんの不倫がはじまったのは、たぶん、そのころだ。不倫っていう言葉は、テレビの『イーストエンダーズ』って番組で知ってたけど、父さんが母さんにむかって「不倫してたのか!」って言うなんて。母さんがサポートグループにいく日が、週に一回から、二回、三回とふえて、しょっちゅういくようになっても、そんなことになってるとは思わなかったよ。

朝おきて、母さんがいないのを思い出すたび、階段をふみはずしたり、道でこけたりしたときみたいに、背すじがひんやりする。そして、いろんなことを思い出しちゃうんだ。あの最悪の一日のことも。母さんが「お金のムダよ」って、クリスマスプレゼントに買ってくれなかったハイビジョンテレビの映像みたいに、はっきりと。

その日は、ジャスの誕生日パーティーをすることになってたのに、予定の時間を一時間すぎてもジャスは帰ってこなかった。父さんは母さんを問いつめていた。

「きみは出かけるまえ、クリスティーンの家にいくって言ってたけど、電話したら、きてないって言われたぞ」

台所にはいると、母さんがつかれたようすでテーブルにつくところだった。母さんの前には、いろんな種類のサンドイッチがならんでる。ビーフ、チキン、チーズか卵マヨネーズっぽいの——あの席だったら、サンドイッチをいちばんにえらべて、卵マヨネーズは食べなくてすむのに。

パーティー・ハットをかぶって、きゅっと口をつぐんだ母さんは、悲しそうなピエロみたいだ。父さんは冷蔵庫からビールを出して、乱暴にドアをしめた。テーブルの上には、からのビール缶が四本のっていた。

「クリスティーンの家じゃなかったら、どこにいってたんだ？」

母さんが答えようとした瞬間、ぼくのおなかが鳴っちゃって、母さんがビクッとしてこっちを見た。

「ぼく、おなかすいたんだけど、ソーセージパイ食べていい？」

父さんは、ぶつぶつ言いながらお皿をつかんで、おこってるわりにはていねいにケーキを切って、ソーセージパイとサンドイッチとポテトチップをまわりにもりつけた。それから、ライビーナっていう黒スグリのジュースをコップについで、少なめの水でわった。ぼくはちょっと濃いめが好きだって、おぼえててくれたんだな。でも父さんは、手をのばしたぼくの前を通りすぎて、居間の暖炉にむかった。ぼくは、胃袋に食い殺されそうなくらい腹ぺこだけど、ローズは死んでるんだから、おなかがすくわけないのに！

そのとき、玄関のドアがあいて、父さんがどなった。

「おそいぞ！」

ジャスを見た母さんが、息をのんだ。ジャスは、髪を風船ガムよりド派手なピンクにそめて、鼻にダイヤのピアスをつけていた。はずかしそうにほほえむジャスに、ぼくはにっこりした。でも、ガッシャーンって、父さんの落としたお皿がわれて、母さんが、「その髪はいったい……」ってつぶやくと、ジャスの顔はまっ赤になった。

父さんがコップを持った手で暖炉の壺を指さした。ライビーナがカーペットに飛びちる。

「ローズのことを考えたら、そんなことはとても……なのに、おまえは……」

母さんはじっとすわったまま、ジャスを見て涙ぐんでいる。ぼくはソーセージパイを二つ食べて、あまいパンをTシャツの下にかくした。

「最低の家族だな」

父さんがジャスを見て、それから母さんを見て、悲しそうにつぶやいた。

母さんが父さんをおこらせたわけは知らないけど、ジャスは髪を切っただけだから、そこまで言わなくたって……。カーペットに落ちたケーキをなめていたロジャーは、父さんに首根っこをつかまれて廊下に出されて、おこってシャーッて鳴いた。

ジャスは自分の部屋にかけこむと、バンッてドアをしめた。父さんがふるえる手でそこらをかたづけているあいだ、ぼくはサンドイッチとパンを三つ食べた。母さんは床の上のケーキを見ながら言った。

「わたしのせいね……」

ぼくは首をふって、カーペットについたライビーナのしみを指さした。

「ちがうよ。父さんだよ」

父さんは床に落ちた食べものを乱暴にごみ箱にぶちこんで、それからどなりだした。耳が痛くなってきたぼくは台所をとびだして、ジャスの部屋ににげこんだ。ジャスは、鏡の前で髪をいじっていた。Tシャツの下にかくしておいたパンをあげて、「その髪、いいね」って言ったら、ジャスは泣いてしまった。女の子のあつかいってむずかしいな。

母さんが泣きながらナイジェルとのことを告白する声や、父さんのどなり声は、ジャスの部屋まできこえた。ぼくたちはベッドの上にすわって、二人の会話をきいた。ジャスは泣きじゃくってたけど、ぼくはやっぱり涙が出なかった。父さんは、「不倫してたのか!」って、自分に確認するみたいに何度も何度も言った。

「わたしもつらかったの。あなたにはわからないでしょうけど」

「ナイジェルはわかってくれるって言いたいのか」

「あなたよりはね。二人で話しあえるし、わたしの話もきいてくれるし、彼といると、わたし……」

父さんは母さんの話をさえぎって、質問を次々あびせて、母さんは大泣きした。

「うそでぬりかためたケーキを食わされたみたいに、吐き気がするよ。まだ、かくしごとがあるんだろう?」

ケーキってきいたら、おなかがすいてきた。すわりっぱなしだったから、左足もしびれてきたし。母さんは言いかえそうとしたけど、父さんがどなった。

「家族みんな、こんなにつらい思いをしているのに、おまえは……」

急に、泣き声がやんだ。母さんがなにか言って、父さんはその言葉にショックを受けてききかえした。

「なに言いだすんだ……」

廊下で足音がして、部屋のすぐ外で、おばあさんのようにかすれた母さんの声がした。

「もう限界」

ジャス、痛いよ。ジャスが、ぼくの手をぎゅっとにぎった。

母さんは父さんに言った。

「わたし、出ていったほうがいいと思うの」

「いいって……だれに？」

「みんなよ」

今度は、父さんが泣きだした。あやまって、ひきとめて、玄関に立ちふさがったけど、母さんの気持ちは変わらなかった。

「もう一度、チャンスをくれないか。努力するから……。写真もかたづけて、仕事も見つけるから……。ローズを亡くして、そのうえ、おまえまで……」

母さんが通りへ出た。「おまえがいないとだめなんだ」とさけぶ父さんに、「わたしは、ナイジェルがいないとだめなの」と答える母さんの声がきこえた。

母さんが出ていったあと、力まかせにかべをなぐった父さんは、骨折して、そのあと一か月間、指に包帯をまいていた。

3 プレゼント

十時十三分。十歳になって百九十七分がすぎたけど、母さんのプレゼントはまだこない。さっき玄関でした物音は、牛乳の配達だった。ここでは牛乳を配達してもらえるんだ。ロンドンでは、近所には父さんがきらいなイスラム教徒の店しかなかったし、スーパーマーケットまでは車で十五分かかったから、しょっちゅう牛乳をきらしてた。ぼくは、牛乳がなくてもシリアルだけで食べられるけど、母さんはよく、ミルクティーが飲みたいって言ってたな。

今日、父さんがくれたプレゼントは、ちょっとがっかりだった。ぼくの足よりワンサイズ以上小さいサッカーシューズで、はくと、ネズミとりにはさまれたみたいに、つま先がズキズキするんだ。シューズをはいたぼくを見て、ひさしぶりににっこりしてる父さんに、「大きいサイズと交換していい?」なんてきけないから、「ぴったりだよ!」って言っといた。レシートもとってないだろうし。今度の学校でもサッカーチームにはいれなかったら、シューズをはくこともないしね。

ぼくが試合に出たのは一度だけ、病気になったキーパーのかわりをしたときだ。あのとき、「ぼくの試合、観にきてね」って父さんに言ったら、うれしそうに頭をぐりぐりしてきたけど、結局きてくれなくて、すごくがっかりした。でも十三対〇で負けて、六点はぼくのミスだったから、試合のあとは、父さんに見られなくてよかったって思ったよ。

ローズからのプレゼントの本は、今年も暖炉の上の壺の横においてあった。壺から頭と手足がはえて本屋にいってるところを想像したら、ふきだしそうになったけど、父さんがまじめな顔をしてたから、だまってプレゼントをあけた。中身は、読んだことのある本だった。でも、もちろん、がっかりした顔なんてしなかった。

ぼく、本はけっこう好きなんだ。ロンドンでは、学校でもよく図書室にいっていた。昼休みに一人で教室にいても、つまんないから。司書の先生は、「本は人よりいいともだちになれる」って言ってたけど、人間のともだちのほうがずっといいよ。だって、ルークが応援してるサッカーチームのアーセナルの定規をディロンが折っちゃって、二人がけんかした四日間だけ、ルークはぼくとなかよくしてくれて、いっしょにランチを食べたり、校庭でカードゲームをしたりしたけど、そのあいだは、だれからも「虫」ってよばれなかったし。

ジャスはいま、玄関でぼくを待ってる。ぼくたち、これから公園でサッカーをするんだ。さっきジャスが、「ジェイミーが新しいシューズをためすんだって。父さんもくる？」ってきいてたけど、父さんは気がのらないようすでテレビをつけた。ウォッカの空きびんがごみ箱にあったから、また二日酔いだ……。

「べつに、こなくていいし」

ジャスはつぶやいて、これから世界一楽しいことをするみたいに言った。

「さ、ジェイミー、いこ！」

ジャスが玄関から「まだ？」ってさけんでいる。ぼくは「いまいくから！」って答えながら窓の外を見ていた。郵便屋さんは、まだこない。いつもは十時から十一時のあいだにくるのに。たいせつな人の誕生日は、ホワイトボードに油性ペンで書いたみたいに頭から消えないから、母さんがぼくの誕生日をわすれるわけないけど、ナイジェルと母さんの家には、ナイジェルの子どももいるかもしれないし、そしたらその子の誕生日をおぼえて、ぼくの誕生日はわすれたのかも。

母さんがわすれても、おばあちゃんはぜったいわすれないよ。八十一歳だけど、なんでもよくおぼえてるから。おばあちゃんはスコットランドに住んでて、父さんもそこで生まれたんだ。父さんより強いおばあちゃんなら、父さんのお酒もやめさせられるのに。でも、おばあちゃんは車の運転ができないから、自分からはこられないし、父さんはおばあちゃんの家につれてってくれないから、なかなか会えないんだ。ぼくの赤毛とそばかすと、タフなところは、おばあちゃんゆずりだよ。ジャスがまえに言ってたけど、ローズのお葬式で、おばあちゃんだけが泣かなかったんだって。

ジャスのペースにあわせたら、公園までの一マイルはジョギングみたいだった。ジャスはカロリーを消費したかったみたいだ。ダイエット中のジャスは、テレビを観ながら足を上下にゆする運動をしたり、学校から帰ると百回くらい腹筋したりするんだよ。黒のロングコートを着たピンクの髪のジャスが、すごいいきおいでかけてくのを見て、目をまるくした羊たちがメーメーさわぐのがおかしかった！

もうすぐ十一時なのに、公園までの道にも郵便屋さんはいなかった。公園に着くと、女の子が三人、ブランコの上からイラクサみたいにとげのある目でじろじろ見てきて、ぼくはまっ赤になってかたまってしまった。でも、ジャスはブランコにむかって走っていって、まっ黒なブーツでブランコの上に立ったんだ。女の子たちは、へんな人がきたって顔をしたけど、ジャスは速く速く、高く高くこぎながら、〈わたしはわたし〉っていうみたいに、空を見あげてにっこりしたんだよ。

ジャスは音楽のことはよく知ってるけど、サッカーはへただから、七対二で勝てた。ベストゴールは、左足のボレーシュート。

「ジェイミー、ウェイン・ルーニーみたいにカッコよかったよ。そのシューズ、魔法の力があるのかも。今度は、チームにはいれるんじゃない？」

つま先がじんじんするのもシューズの魔法……なわけなくて、血が通わなくなるまでくつにしめつけられたから。ジャスも気づいて、「でも、そのシューズ、小さくない？」ってきいてきたけど、「ぴったりだよ」って言っといた。

帰り道、ジャスは、つぎにあけるのはへそピアスとかなんとか話してたけど、ぼくはあんまりきいてなかった。母さんは、どんなプレゼントを送ってくれたのかな？　たぶん、プレゼントは玄関マットの上にあって、きらきらのつつみ紙のおっきなプレゼントで、サッカーのカードがついてて、ナイジェルのメッセージはいらないけど、母さんは〝キスをこめて〟のしるしに、Xマークをたくさん書いてくれてるだろうな。

家のドアをあけたとき、ドキッとした。なんにもぶつからずに、すっとあいたから……。

でも、おばあちゃんは、「いいものは小さな箱にはいってるのよ」って言ってたし、玄関をふさぐほど大きくなくても、母さんは、なにかすてきなものを送ってくれてるはず。それで、小さなプレゼントのことを考えようとしたら、ロジャーがくれた死んだネズミのことが頭にうかんで、気分がわるくなってきて、想像するのはやめにした。

勇気を出して玄関マットを見ると、おばあちゃんのくねくねした字が書かれた封筒が一通だけ。もしかしたらだけど、その下に、サッカーチームのマンチェスター・ユナイテッドのバッジとか、消しゴムとか、すごくちっちゃなプレゼントがかくれてるかもって思って、足で封筒をちょっと動かしたとき、ジャスがぼくを見てるのに気づいた。まえに、車がびゅんびゅん走ってる道に犬がとびだして、〈あ、ひかれる!〉って思った瞬間、肩がビクッとなって、まゆがきゅっとよったけど、ジャスはそんな顔をしてた。

さっと封筒をひろってやぶくと、二十ポンド札がひらひらカーペットに落ちた。ぼくは、せいいっぱいうれしそうな顔をした。「好きなものが買えるね」ってジャスが言った。

母さんからプレゼントはきてなかった。胸がいっぱいいっぱいだったから、それ以上なにもきかれなくてほっとした。

居間にいくと、缶ビールをあける音がした。ジャスがせきをして、父さんがぼくの誕生日にもお酒を飲んでることをかくそうとしながら、「ケーキ食べない?」って、ぼくを台所にひっぱっていった。

ケーキのろうそくがなかったから、ジャスはかわりにお香を立てた。ぼくはぎゅっと目をとじて願いごとをした。

〈早く、母さんのプレゼントがとどきますように。郵便屋さんが背骨を折るくらい、おっきなプレゼントがきますように〉

目をあけると、ジャスがにこにこしていた。ぼく、自分のことしかお願いしなかった！あわてて、〈ジャスがへそピアスをあけられますように〉って心の中で言って、お香を吹きけそうとした。でも、煙がモワッとあがっただけで、火は消えなかったから、ぼくの願いはかなわないかも。

くずれないようにそっと切って食べると、ケーキはあまくなくて、ヨークシャープディングの味がした。「とってもおいしいね！」って言ったら、ジャスは笑ってたから、うそだってばれたかな。

「父さんも食べない？」

ジャスがきいたけど、返事はなかった。

「ちょっと、おとなになった感じする？」

ジャスがぼくにきいた。

「ぜんぜんしない」

ぼくの生活は引っ越しまえと変わんないし、ジャスも変わんないし、父さんは、職場から五回も留守電がはいってたのに、まだ仕事にいかないし。

うすく切ったケーキをちびちび食べながら、ジャスが言った。

「わたしもプレゼントがあるんだ」

二人でジャスの部屋にいって、ドアをあけると、ウィンドチャイムがシャラシャラ鳴った。

「ラッピングしてないけど」

ビニール袋の中には、高そうな鉛筆とスケッチブックがはいっていた。

「すごいよ！　ジャスの顔を最初に描くね」

「じゃあ、こんな顔は？」

ジャスったら、舌を出して寄り目の変顔をしたんだよ。

お昼を食べてから、カーテンをしめて暗くしたジャスの部屋で、ぼくがいちばん好きな映画『スパイダーマン』を観た。毛布にくるまって床の上にすわってると、ロジャーがひざにのってきた。ロジャーはぼくが世話してるし、ぼくの猫みたいだけど、ほんとは、ずっとペットをほしがってたローズが、七歳の誕生日にもらった猫なんだ。

「ロジャーはリボンのついた箱にはいっててね、ローズはとってもよろこんだのよ」

話したことをわすれるのか、何度も言いたいだけなのか、母さんは百回くらいこの話をしたけど、母さんのうれしそうな顔が見たくて、ぼくはいつもだまってきいてたんだ。母さん、ぼくにも動物をくれないかな。クモだったら最高！　そのクモにかまれたら、スパイダーマンになれるかも……。

映画のあとで台所にいくと、ケーキはほとんどなくなってて、ぼくが切ったきれいな三角じゃなくて、ぐちゃぐちゃのひときれが残ってた。居間の床にはビールの空き缶が三本ころがってて、ウォッカのびんがクッションにもたせかけるようにおいてあった。父さんは二重あごにケーキのかけらをつけて、ソファーでいびきをかいてる。酔っぱらってるから、ケーキの味がへんでも気づかないで、ばくばく食べたんだろうな……。

二階にもどろうとしたとき、暖炉の壺の横にケーキがおいてあるのに気づいた。なぜかその瞬間、ぼくは急にかっとなった。

「誕生日くらいほっといてよ」

壺にそう言って、ケーキを口におしこんだ。死んだローズにはきこえっこないのに。

それから二日たって、ぼくは裏庭で池の金魚をスケッチしていた。プレゼントはこないって何度も心に言いきかせて、絵に集中しようとしたけど、郵便屋さんがきた音がした瞬間、家にかけこんだ。玄関マットの上に手紙が何通か落ちて、母さんからじゃないってがっかりしてると、ドアがノックされた。ぼくが一瞬でドアをあけたから、郵便屋さんはちょっとおどろいたみたいだ。

「ジェームズ・マシューズさんに小包です」

ふるえる手で、ぼくにきた荷物を受けとる。奇跡みたいにすごいことがおきたのに、郵便屋さんはめんどくさそうに言った。

「ここにサインを」

ぼくはウェイン・ルーニーになった気分で、有名人のサインっぽく書いた。願いがかなって母さんのプレゼントがきたってことは、郵便屋さんの背骨も折れたかもって、ちょっと心配したけど、郵便屋さんは元気そうでほっとした。

自分の部屋で十分くらいながめたあと、茶色いつつみ紙にきれいに書かれた宛先を指でなぞったら、〈ぼくのことを考えながら心をこめて書いてくれたんだ〉って、胸がいっぱいになって、いっきにつつみ紙をやぶいてまるめて床にすてた。中身は段ボール箱で、なにがはいってるのかわからない。まえに父さんが、「小さいころのローズは、プレゼントをもらうと、中身より箱のほうが気にいって、よく宇宙船やお城やトンネルをつくってたよ」って言ってたけど、ぼくはローズじゃないから、箱だけじゃこまる。箱をふってみたらガサガサ音がして、なにかはいってるってわかって、ほっとした。

車でいなかにいったとき、ヘッドライトの先に野ウサギが見えて、ウサギはこわくて動けなくなったのか、一瞬かたまってから猛ダッシュでにげてったけど、ぼくの心臓は、きっとあのときのウサギとおなじくらいバクバクいってる。

箱をあけると、赤と青のものがはいってて、ベッドの上でひろげてみたら、ぼくの口はヤシの木につるしたハンモックみたいな形になって、口のはしが耳にとどくくらいにっこりしたよ。黒くてこわそうな、おっきなクモの絵の、やわらかい生地のTシャツだ。さっそく着て鏡で見ると、ほんもののスパイダーマンみたいだ！

このあいだ公園で女の子たちにじろじろ見られたとき、このTシャツを着ていたら……。ジャスにつづいて、片足でカッコよくブランコにとびのって、だれよりも速く高くこいでからとびおりて、ぽかんとしてるあの子たちに「すごいだろ！」って笑って言ったのに。十メートルうしろでまっ赤な顔でふるえてる、弱虫のぼくじゃなかったのに。

カードは、アーセナルの選手の写真だった。赤いユニフォームが、ぼくの好きなマンチェスター・ユナイテッドに似てるから、母さんはまちがえたんだね。

カードには、〝ジェイミーへ　十さいのたんじょうび、おめでとう！　すてきな一日をすごしてね。愛をこめて　母さんより　XXX（たくさんのキスをこめて）〟って書いてあって、その先を読んだら、最高に幸せな気持ちになった。

〝PS　またすぐ会えるのを楽しみにしてるわ。そのときはこのTシャツを着てきてね〟

何度も何度も読んで、犬が自分のしっぽを追いかけるみたいに、ぐるぐる、ぐるぐる、母さんの言葉が頭の中をまわってる。ロジャーも、いい一日だったってわかるみたいに、うれしそうにのどを鳴らした。出窓の前にすわって空を見あげると、見たことないくらい星でいっぱいで、息を吹きかけたらケーキのろうそくみたいに消せそうだけど、願いごとはしないんだ。もうじゅうぶん幸せだから。

ここにくるのに、母さんはもう列車を予約したかな？　ナイジェルが車を持ってたら貸してくれるかもしれないけど、母さんは渋滞がきらいだから、車ではこないかもな。ふだんだって車に乗らないのに、高速道路を通ってここまでくるとは思えない。でも、ぼくが新しい学校にいくまえに、「がんばってね」「しっかりね」って言いたいだろうし、それにTシャツを着たぼくを見たいだろうし、どうにかして、きてくれると思うんだ。

いつくるかわからないから、このTシャツは毎日着よう。道が混んだり、列車がおくれたりして、夜おそく着くかもしれないから、寝るときも着ていよう。スーパーヒーローのジェイミーは、いつでもスタンバイOK！　今晩とか明日とかあさってじゃないかもしれないけど、母さんが「すぐ会える」って言うんだから、きっともうすぐ会えるよね。

4 じょうずな作文の書き方

イスラム教徒の生徒は学校に一人しかいないのに、ファーマー先生が指さしたのは、その子のとなりの席だった。

「となりはスーニャよ」

ぼくがすわらないでいると、先生は、放送が終わってザーザーいってるテレビ画面みたいな、うすーいグレーの目でぼくを見た。先生のあごのほくろから毛が二本、ちょろってはえてる。気づいてないのか、それともおしゃれのつもりで、わざとのばしてるのかな？

「そこでいいわね？」

みんながふりかえって、ぼくを見た。ぼくは、「よくないです！　ぼくの姉さんはイスラム教徒に殺されたんだ！」ってさけびたかったけど、自己紹介(じこしょうかい)もまだなのにそんなことできないから、スーニャを見ないようにして、はしのほうにすわったんだ。

となりの席の女の子がイスラム教徒だなんて、父さんが知ったら大さわぎだよ。父さんは、

「ここには生粋のイギリス人しかいないから安全だ」って言ってて、引っ越していちばんよかったことは、イスラム教徒がいないことだって思ってるくらいなんだ。ロンドンの家の近所には外国人がたくさん住んでて、一年じゅうハロウィーンの幽霊の仮装をしてるみたいな、長い布を頭にかぶったイスラム教徒の女の人もよく見かけた。近所にはイスラム教徒がお祈りしにいくモスクもあって、ずっとはいってみたかったけど、父さんに「ぜったいいくな」って言われて、あきらめたんだ。

まえの学校は大きな道路のまん前にあって、車の音と排気ガスのにおいがした。でも、ここは山にかこまれた小さな学校で、学校の前には川が流れてて、校庭に出ると、ゴボゴボっていう排水溝みたいな音がきこえるんだよ。

筆箱を出して席におちつくと、先生が「アンブルサイド英国国教会学校にようこそ」って言って、みんなが拍手した。

「それじゃあ、名前を教えてくれる？」

「はい。ジェイミーです」

「ジェイミーはどこからきたの？」

だれかが「ヘタレの国」ってつぶやいたけど無視して、「ロンドンです」って答えた。「先生もロンドンはすきよ。ちょっと遠いけど」って言われたら、母さんは遠くにいるんだって思って、おなかが痛くなった。

「ジェイミー、まだまえの学校の成績はとどいてないし、あなたのことぜんぜん知らないから、あなたについて、みんなが知りたそうなことを話してくれない？」

みんなが知りたいことって、なんだろ。だまってると、先生が質問した。

「兄弟は何人いるの？」

何人って、ローズも入れてかな？　だまってたら、くすくす笑う声がして、先生は「シー」って注意してから、「じゃあ、なんかペットは飼ってる？」ってきいた。「ロジャーっていう赤茶の猫がいます」ってぼそぼそ答えたら、先生はにっこりして、「かわいいでしょうね。赤ちゃん猫なんて！」って言ったんだ。

授業がはじまって、ぼくたちは、〝たのしい夏休み〟っていう作文を二ページ書くことになった。先生は、「句点と大文字に注意して書いて」って言った。そんなのかんたんだけど、夏休みの楽しかったことって、スパイダーマンのＤＶＤを観て、母さんとジャスからプレゼントをもらったことくらいしか思いつかない。でも大きな字で書いたら、だいたい一ページうまった。みんなは、アイスを食べにいったり、遊園地や海にいったり、いろいろ書くことがあるんだろうな。

先生はコーヒーを飲みながら、時計を見た。

「あと五分よ。最低二ページ……もっと書けそうな人もいるみたいね」

顔をあげた男の子に先生がウインクすると、その子は得意そうな顔になって、鼻が机につきそうないきおいで、楽しかった夏休みの思い出を書きつづけた。

「あと三分よ」

二ページ目にはいったところで、さっきからぼくは手をとめたまま、ペン先からインクがにじんでいくのを七分間見ていた。

「つくっちゃえば？」

ぼくの心の声かと思うくらい、そっとささやく声がとなりからきこえた。ぼくはスーニャを見た。濃い茶色の目が、雨あがりの水たまりみたいにひかってる。白いスカーフからはみだして、ほおにかかってる髪はまっすぐで、リコリスキャンディみたいに黒くてツヤツヤしてる。スーニャは左手で書いてて、手を動かすと、六個のブレスレットがぶつかってシャラシャラ鳴った。

「話をつくっちゃえば？」

褐色の肌にまっ白な歯を見せて、スーニャは笑った。

ローズを殺したイスラム教徒の言うとおりにするのは気がひけるけど、このままじゃ書けないし……。まよいながら、〈はあ？　なに言ってんの〉って顔で見たら、「あと二分よ！」って先生の声がした。もう時間がない。ぼくは、超高速ジェットコースターに乗った話と、海にいって岩場の潮だまりでカニを見つけた話を大いそぎででっちあげた。

〝母さんはカモメにフィッシュ・アンド・チップスを食べられそうになって、とてもおかしかったです。父さんは、すっごく大きな砂のお城をつくってくれました〟

〝家族で住めるくらい大きなお城でした〟って書いて、でも、これはさすがにうそっぽいと思って消したよ。それから、〝ジャスは日焼けでまっ赤になって、ローズはこんがり日焼けしました〟って書いて、そのあとでほんの一瞬、ペンがとまった。うその作文でも、ローズが生きてるみたいに書くのは、やりすぎかも。

「あと六十秒！」

でも考えるより先に手が動いて、気づいたときには一段落分、ローズのことを書いてたんだ。

「はい、ペンをおいて。みんなの前で読みたい人？」

スーニャがさっと手をあげた。ブレスレットが、店のドアベルみたいにチャラーンって鳴った。先生は、スーニャと、先生にウインクされて得意そうに書いてた男の子と、女の子二人と、手をあげなかったのにぼくをさした。「読みたくないです」って言おうとしたけど、扁桃腺のあたりがつかえて声が出ない。「早くして」って、先生がいらいらして言った。のろのろ立ちあがって前にむかうと、ぼくのTシャツを指さす子がいる。見ると、スパイダーマンのTシャツがよごれていた。チョコクリスピーはおいしいけど、こぼすと、きたないしみになるんだ。

最初に男の子が、すっごく長い作文をえんえんと読んだ。先生がきいた。

「ダニエル、何枚書いたの？」

「三枚半です」

ダニエルは目を見ひらいて、得意顔で答えた。ダニエルのあと、アレクサンドラとメイジーが、パーティーやパリ旅行、子犬を飼いはじめた話をした。つぎはスーニャの番だ。

スーニャはせきばらいして、目をほそめて読みはじめた。

「楽しい夏休みになるはずでした」

スーニャはもったいぶって教室を見まわした。外の道をトラックがガタガタ通りすぎていった。

「インターネットで見ると、そのホテルのまわりには美しい森が何マイルもひろがっていて、とてもすてきな場所でした。わたしたち家族はすぐに気にいって、そこにいくことにしました。『のんびりしましょうね』と母は言いましたが、わたしたちを待ちうけていたのは、おそろしい運命だったのです」

ダニエルが〈またかよ……〉って言いたそうな顔をした。

「最初の晩、ねむれないでいたら、ひどい嵐のなか、なにかが窓をたたきました。コツ……コツ……。風で飛ばされた枝でしょうか？　しかし、風がおさまってもまだきこえます。コツ……コツ……。わたしはベッドを出てカーテンをあけました。すると……キャーーー！」

スーニャが突然さけんだので、おどろいた先生はいすから落ちそうになった。スーニャはものすごい早口で話しつづけた。

「窓をたたいているのは木の枝ではありません。ゾンビの手です。ゾンビは髪をふりみだして、歯のない口でうなりました。『なーかーにーいーれーろー』そこでわたしは……」

先生が、手で胸をおさえながら立ちあがった。

「どうもありがとう、スーニャ。今回もおもしろく書けてるわ」

最後まで読ませてもらえなかったスーニャは、不満そうな顔だ。

とうとう、ぼくの番になった。ローズは海で楽しく遊んだことになってるけど、ほんとは暖炉の壺の中にいる。そう思ったら、胸がチクチクして、ローズの部分はごまかしながら早口で読んだ。読みおわると、先生がきいた。

「お姉さんはいくつ？」

「二人とも十五歳です」

「じゃあ、ふた子なのね！」

先生は、それが世界一すばらしいことみたいに言った。ぼくはうなずいた。

「すてきねぇ」

ぼくはきまりわるくて、顔が蛍光ピンクになった気がした。スーニャは、ぼくの話のどこがつくり話なのか考えてるみたいに、ぼくの顔をずっと見てる。イラッとしてにらんだら、スーニャは白い歯を見せてにっこりして、ウインクした。〈わかってるわ。二人の秘密ね〉っていうみたいに。

「あなたたちは天国にちかづきました！」

先生にそう言われて、ダニエルはうれしそうな顔をしたけど、作文がちょっとうまく書けたくらいで天国にいけるの？

でも、先生がかべのほうをむいたら、そこには金色の厚紙を切りぬいた文字で〝天国〟って右上に書いてあって、左下には三十人の天使がいて、そのあいだにふわふわの雲が十五個、階段みたいにならんでるのが見えた。大きな銀の翼をひろげた天使は、頭を画びょうでとめてなければ、もっと天使っぽく見えるのに。先生は太い指で、右の翼にぼくの名前が書かれた天使をつまんで、いちばん下の雲にのせた。アレクサンドラとメイジーの天使も一番目の雲にのせて、ダニエルの天使は一つとばして二番目の雲にのせた。

今朝、ジャスに「ともだちができるといいね」って言われたときは、〈まえの学校でともだちがいなかったのを知ってるんじゃないか〉って、ドキッとしたよ。得意科目が美術(びじゅつ)で、物知りで人見知りなぼくは、「オタク」とか「キモい」って言われて、クラスでういてた。でも、ここではともだちをつくろうって思って、昼休みは、まえみたいに図書室にいくのはやめて、校庭に出てみたんだ。

だれかに話しかけてみようと思ったのに、男子はサッカーをしてて、女子はヒナギクの花輪をつくってて、一人でいるのはスーニャだけだ。ぼくもすごくサッカーがしたかったけど、「ぼくもやっていい？」ってきく勇気はなくて、だれかがさそってくれればいいのにって思いながら、ひなたぼっこしてるみたいに芝生(しばふ)にねそべった。目をとじると、川の音や男子の笑い声、飛んできたボールに「あぶないじゃない！」って女子がもんくを言う声がきこえてきた。

雲が出てきたのか急に暗くなって、目をあけると、褐色(かっしょく)の肌(はだ)にきらきらした瞳(ひとみ)のスーニャが、スカーフからはみでた髪(かみ)を風にそよがせて立っていた。

「あっちいけば？」

追いはらおうとしたのに、スーニャはぼくのとなりにすわって、ニッて笑った。

「ひとことめがそれ？　ロンドンじゃそうなの？」

「なんか用？」

「スパイダーマンさんに、ちょっとね」

スーニャがこぶしをひらくと、ポスターをはるときにつかう粘着（ねんちゃく）ゴムのブル・タックでつくった青い指輪が、白い手のひらにのっていた。

スーニャはまわりを見まわして、だれにもきかれてないことをたしかめてから、ささやいた。

「わたしが仲間だって気づいた？」

無視（むし）しようとしたけど、やっぱり気になって、どうでもいいみたいにあくびをしてきいてみた。

「どういう意味？」

そしたら、スーニャが「これ」って、頭にかぶったスカーフを指さしたから、びっくりして口をあけたままおきあがったら、ハエが口の中に飛びこんできた。スーニャがかぶってるのはイスラム教徒のスカーフだけど、そのスカーフを指さしたってことは、ぼくがイスラム教徒だって言いたいのかな？　ゲホゲホせきをして、つばをはくぼくを見て、スーニャが笑った。

「仲間なんかじゃない！」

ぼくがさけんだら、サッカーをしていたダニエルがこっちを見た。

スーニャはにこっとして、指輪をさしだした。

「スパイダーマンにプレゼント」

ぼくは首をふって、ひざをついたままあとずさった。ブル・タックの指輪のプレゼントなんて、学校では習ってないけど、〝ラマダン〟っていうときに、ひと月も断食するみたいな、イスラム教のおかしな習慣にきまってるよ。スーニャの右手の中指にもブル・タックの指輪がはめられてて、ダイヤの指輪みたいに小さな茶色い石がついてる。

「これは魔法の指輪でね、二人でつけてるときだけ魔法がつかえるの」

指輪をはめた中指をふりながら説明するスーニャに、ぼくは言った。

「ぼくの姉さんは爆弾で殺されたんだ」

それから、あわてて立ちあがった。

ちょうどそのとき、昼休みの監督の太ったおばさんが笛を吹いて、昼休みが終わった。全速力で走って席についたら、頭の中で脳味噌があちこちぶつかったみたいにふらふらして、のどがからからで、手は机にあとがつくくらい汗ばんでいた。

廊下で笑い声がして、みんながはいってきた。どの子も、手首にヒナギクの花輪をつけている。男の子もだ。花輪なんてカッコわるいけど、みんなといっしょならつけたいって思ってると、最後にスーニャがはいってきた。スーニャは花輪をつけてない。スーニャはぼくを見て、ニッて笑って、指をひらひらさせた。ブル・タックの指輪に目がいってしまう。

算数と地理の授業中、ぼくはスーニャのほうをいっぺんも見なかった。頭の中がぐるぐるしていた。父さんが知ったら、どう思うだろう？　ぼくは白人だし、イギリス人らしく話すし、だれかのお姉さんを爆弾で殺しちゃいけないって知ってるのに、あの子には、イスラム教徒の仲間に見えたのかな？

授業が終わって、教室のうしろの棚に教科書をしまいにいった。ぼくの引き出しには、名前の横にライオンの絵がある。それを見て、ジャスが「銀のライオンが空から見まもってくれてるよ」って言ってたのを思い出しながら引き出しをあけたら、ノートの下に白いものが見えた。

花びら？　顔をあげると、ダニエルと目があった。ダニエルは笑ってうなずいて、早くっていうみたいに引き出しを指さしてる。心臓が飛びだしそうなくらいドキドキしながらノートを横にどけると、ヒナギクの花輪だ。ダニエルがグーサインをして、ぼくはふるえる手でサインをかえした。早く帰って、ジャスにこのことを話したい。スーニャが横で、花輪を見ながらなんか言いたそうにしてる。ぼくがうらやましいんだろうな。

早く、早く花輪をつけたくて、そっと持ちあげたら、そしたら花がばらばらと落ちて、ダニエルが笑いだした。ただの花を花輪みたいにおいて、からかったんだってわかったら、ドキドキがガーンになって、胸に大きな黒い穴があいて、さっきまでのうれしかった気持ちがこぼれ落ちた気がした。

スーニャは、ガラスのかけらみたいにするどいギラギラした目で、ダニエルをにらんでる。さっきは、ぼくがうらやましくて花輪を見てるのかと思ったけど、そうじゃなかったんだ。

ダニエルがライアンの肩をたたいて、なんか言って、二人はにやにや笑いながらぼくにグーサインをして出ていった。銀のライオンが空からおりてきて、あいつらの頭にかみつけばいいのに。

「これからは、魔法の指輪がまもってくれるよ」

急にスーニャの声がして、ぼくはびっくりして百万メートルくらいとびあがった。いつの間にか、教室に残ってるのはぼくたちだけになっていた。

「いらないってば」

そう言ったら、スーニャは笑って言った。「スパイダーマンも、たまにはたすけてもらいなよ」って。

窓から陽がさして、スーニャのスカーフは光を受けて、天使やキリストの光輪や、お菓子の白い砂糖衣みたいに清らかに見えた。でも、目をほそめて口をすぼめて「イスラム教徒はイギリスを汚染する病原菌だ」って言う父さんの顔が頭にうかぶと、そんな気持ちは一瞬で消えた。イスラム教徒のそばによったからって、熱が出たり、赤いブツブツができて水ぼうそうになったりするわけないのに。

スーニャを見つめたままあとずさって、いすにぶつかりながらドアまですすむと、スーニャが言った。

「魔法の指輪だって、信じるでしょ？」

「信じないよ、そんなの」

スーニャはだまってしまった。なんか言ってほしくて、世界一つまんない人と話してるみたいにため息をついて出ていくふりをしたら、スーニャが言った。

「仲間なのに信じないの？」

ぼくは立ちどまって、はっきり言ってやったんだ。

「仲間？　ぼくはイスラム教徒じゃないから」

手首につけたブレスレットがシャラシャラ鳴るみたいな、鈴のような声でスーニャが笑った。

「そうだけど。仲間っていうのは、あなたがスパイダーマンだから」

ぼくがスパイダーマンで、スーニャがその仲間だって!? 目がビー玉からビリヤード玉くらいになってふりかえると、スーニャは褐色の指でスカーフをさした。

「わたしはスパイダーガールなの」

スーニャは近づいてぼくの手にふれると、ぼくが手をひっこめるまえに走りだした。口がからからにかわいて、地球サイズに目を見ひらいたぼくの前で、スーニャのスカーフがゆれた。まるでスーパーヒーローのマントみたいに。

5 風の中の凧

今日は九月九日。あの事件がおきたのは五年まえの九月九日だから、テレビをつけると、どのチャンネルでも追悼番組をやってる。

今日は金曜で学校があるから、遺灰をまきにいかなかったけど、父さんはきのうの夜、最後のおわかれみたいにローズの壺をなでてたし、家からいちばん近い海岸をインターネットでしらべてたから、言われてないけど、ぼくたちは明日、壺を持って海にいくんじゃないかな。結局、今年も、遺灰をまかないまま帰ることになりそうだけど。二年まえ、死んだローズにはきこえないのに、壺に手をおいて「さよなら」を言わされて、なのに壺はつぎの日も暖炉にあって、アホらしくなった。だから、ほんとうに遺灰をまくときまで、「さよなら」は言わないんだ。

ジャスは今日、「いく気になれない」って言って学校を休んだ。考えたら、ジャスは十年間、生まれるまえも入れたら十一年近く、ローズといっしょだったんだよね。ジャスはおせっかいだから、おなかの中でもローズのことをチェックしてたんだろうな。このあいだも、ぼくの部屋でバックパックをあけて見てたし。母さんがしてたみたいに、宿題のチェックをしてたって言ってたけど。

せまいおなかの中に二人でいたのがよくなかったのか、生まれてからのジャスとローズは、そんなになかのいい姉妹じゃなかったらしい。ローズは、いつも自分がいちばんで、思いどおりにならないと大さわぎしたんだって。ジャスはそんな姉さんじゃないから、「死んだのがローズでよかった」って言ったら、ジャスににらまれた。「どっちか、えらべって言われたらだよ」ってあわてて言ったら、ジャスのくちびるがふるえて、泣きそうな顔になった。正直、むかつくときもあったって、ジャスが自分で言ったのに。

「いなくてよかったって、ぜんぜん思わない？」ってきくと、ジャスは言った。

「ローズがいなくなって、自分の一部がなくなって、影だけになったみたいに感じるの」

「でも『ピーター・パン』の本だと、ピーター・パンからはなれた影は、自由になって幸せそうだよ」そう言おうとしたら、ジャスが泣きだしたから、ぼくはだまってティッシュをわたしてテレビをつけた。

今朝、チョコクリスピーを食べてたら、ジャスが今日の運勢をパソコンでチェックしながら、「ジェイミーも学校休む？」ってきいた。ぼくが首をふると、ジャスがまた言った。

「いく気になれなかったら休んでいいんだよ」

食器棚の上には、ジャスがつくってくれたお昼のサンドイッチがおいてあった。ぼくはそれに手をのばしながら説明した。

「ぼくの好きな美術があるから」

〈それに、今日は売店にいける日だ！〉って思い出して、おばあちゃんからもらったお金をとりに二階にかけあがった。


「五年まえの今日、亡くなった人と、その家族のためにお祈りしましょう」

集会で先生がそう言った瞬間、ぼくにスポットライトがあたったみたいに感じた。まえの学校では、あの事件でローズが死んだことをみんなが知ってたから、九月九日がきらいだった。みんな、ふだんはぼくに近づかないくせに、その日だけは、ともだちみたいに話しかけてくるんだよ。「さびしいよね」「ローズに会いたいよね」って言われたら、「うん……」ってさびしそうにうなずいてたけど、この学校の人はローズのことを知らないから、わざと悲しそうにしなくていいんだ。

お祈りが終わって目をあけて、〈だいじょうぶ、ぼくがあの事件で姉さんを亡くしたってだれも気づいてない〉って思ってたら、スーニャのきらきらした瞳にぶつかった。スーニャは足をくんで、左手でほおづえをついて、小指のつめをかみながらぼくを見てる。そうだ……、このあいだ、「姉さんは爆弾で殺された」って言っちゃったんだ。スーニャはおぼえてるかな？

あれから、スーニャとは話してない。スーニャとスパイダーガールの話をしたくなるたびに父さんを思い出して、そのとたん、くちびるがくっついたみたいに口が動かなくなって、声が出なくなる。イスラム教徒と話したがってるって父さんにわかったら、勘当されそうだし、家を追いだされたら、母さんはナイジェルと住んでるからひきとってもらえないし……。

ぼくの誕生日から二週間たつけど、母さんはまだ会いにきてくれない。きっともうすぐくるって思って、スパイダーマンのTシャツを着つづけてるけど、だんだんよごれてきちゃった。

でも母さんは悪くなくて、すぐこられないのはウォーカーのせいだよ。ウォーカーは母さんの超意地悪な上司で、スパイダーマンの敵のグリーンゴブリンみたいに、いつも人のじゃまをするんだ。母さんは、めちゃくちゃていねいにたのんだのに、ともだちの結婚式にいかせてもらえなかったし、ベストばあちゃんのお葬式にもいけなかった。まぁ、ベストばあちゃんはおせっかいの変わり者だったから、お葬式はべつにいきたくなかったみたいだけど、そのために買った服がむだになって、しかもロジャーがレシートを食べちゃったから、返品もできなかったんだ。

　家に帰って、そんなことを考えながらテレビを観てたら、あの事件で姪を亡くした夫婦が出てきて、死んだ姪のことを話しはじめたとたん、泣きだした。ぼくの家にも、テレビ局からしょっちゅう電話がきたけど、父さんたちはぜったいにインタビューを受けないんだ。ぼくは取材ＯＫだけど、爆弾が破裂して、たくさんの人が泣いてたことしかおぼえてないし。

　父さんと母さんのなかが悪くなったのは、ローズが死んで、父さんが母さんを責めたからだ。ルークがぼくとなかよくしてくれたのは四日間だけだったけど、そのとき家に遊びにいったら、ルークのお父さんとお母さんがにこにこ話したり、手をつないだりしてて、すごくびっくりした。ぼくの母さんと父さんの会話は、「塩とって」「ロジャーのごはんあげた？」「カーペットをよごさないで。そうじしたばかりなのよ」って、せいぜいそのくらいだよ。ぼくにはそれがふつうだったけど、ジャスは、父さんと母さんがなかよかったときを知ってるから、つらかったみたいだ。

　むかし、クリスマスに、アルファベットを組みあわせて言葉をつくるスクラブルのゲームで、ジャスとけんかになった。ぼくがゲーム盤でジャスの頭をたたいたら、ジャスはおこって、ぼくのセーターに駒を入れてきて、それから「ジェイミーのせいでたんこぶができた」って、言いつけにいった。でも居間にいくと、母さんと父さんは険悪なムードでそっぽをむいてて、あんなに派手にけんかしたのに、ぜんぜんしかられなかったんだ。

あとでジャスは、ぼくのセーターにはいったQの駒をとってくれながら、「わたしたちがなにをしても、父さんたちには見えないんだよ」って言ってたけど、だったらいいなぁ！もし特殊能力を一つえらべるなら、空を飛ぶのもいいけど、すがたを消す能力のほうがつかえそうだし……なんて考えてると、「父さんたちのなかで、あのとき、わたしたちも死んだのかもね」って言って、ジャスは、ぼくのそでからTの駒をとってくれた。

あの事件がおきたとき、ぼくたちはトラファルガー広場にいた。父さんは公園でピクニックしようって言ったんだけど、母さんの希望で、なんかの展示を見にいくとこだった。父さんは結婚するまでスコットランドの高地にいたから、自然が好きだけど、母さんは都会が好きで、「いなかは人間の住む場所じゃないわ」って言ってた。それを思い出すたびに、母さんが〝ロンドン〟のつづりの頭文字、Lの上にすわってるすがたが頭にうかぶんだ。

その日は、息が白くなるほど寒かったけど、よく晴れて、楽しい一日になりそうって、ジャスは思ったんだって。トラファルガー広場で、ぼくはハトにパンくずを投げて、ハトがそれを食べるのを見て笑ってたらしい。ジャスとローズがハトの群れを追いまわすと、ハトはあわてて飛びたって、母さんは笑って見てたけど、父さんは「やめなさい」って言って、ジャスはおこられたくないから、すぐにやめてもどってきた。

でも、いまでは天使みたいないい子ってことになってるローズは、すごくおてんばだったから、言うことをきかなかった。父さんがローズに「いいかげんにしなさい」ってさけんだとき、ジャスは父さんの手をとった。

ローズは空を見あげてバレリーナみたいにくるくるまわって、ローズのまわりでハトが舞いあがって、母さんが、「いいじゃない。遊んでるだけよ。ローズ、もっと速くまわって」って言って、そしたら突然、バーーーンって爆発したんだ。

あたりには煙が立ちこめていた。ものすごい爆発音で、ジャスの鼓膜はやぶれて耳がおかしくなっていて、なのに「ローズ！　ローズ！」って父さんのさけぶ声が、たしかにきこえたんだって。

そのあと、広場のごみ箱にイスラム過激派が爆弾をしかけたんだってわかった。いろんな場所をおなじ時間に爆破する、同時多発テロだ。ロンドンの十五か所に爆弾をしかけて、爆発したのは十二か所だったけど、六十二人が死んで、そのなかでローズはいちばん小さかった。

テロリストたちは、「アッラーの名によっておこなった」っていう犯行声明をインターネットに出した。アッラーっていうのは、イスラム教の神のことだよ。ぼくは七歳のとき手品にはまってて、手品がうまくいくと、ほんもののマジシャンみたいに「ほら!」ってよく言ってたけど、「ほら!」と〝アッラー〟って、ちょっと似てない?

追悼番組の途中で、再現映像が流れだした。父さんたちが許可してないからローズは出てこなかったけど、再現映像は映画みたいにリアルで、ほかの場所の爆発のようすもよくわかった。ある人はマンチェスターにいくはずだったんだけど、信号トラブルで電車がとまって、たまたまコヴェント・ガーデンにいった。その人はそこでサンドイッチを買って、つつみ紙をごみ箱にすてたときに爆発がおきて亡くなったらしい。もし電車がとまらなかったら、もしサンドイッチを買わなかったら、テロにまきこまれなかったし、もうすこし早くサンドイッチを食べ終えてごみ箱からはなれてたら、死なずにすんだかも。

ローズだって、トラファルガー広場にいかなかったら、父さんの言うことをきいてハトを追いまわすのをやめてたら、それか、広場にハトがいなかったら、そしたらローズは死ななくて、ぼくたちは幸せな家族でいられたのに。そんなことを考えてたら胸がざわざわしてきて、チャンネルを変えたけど、CMしかやってない。

ジャスがつかれたようすで部屋にはいってきた。

「父さん、やっと寝た。明日は元気になると思うけど」

酔った父さんがトイレではく音がきこえないように、ぼくがテレビのボリュームを最大にして観てるあいだ、ジャスは父さんの世話をしてくれてたんだ……。

「ＣＭのあてっこゲームする？」ってきくと、ジャスはうなずいた。これはぼくが考えたゲームで、なんのＣＭか、テレビが言うまえにあてるんだ。でも、つぎはぼくたちの知らないＣＭで、二人ともあてられなかった。画面には大きな劇場が出てきて、男の人がさけんでいる。

「タレントショーに出て人生を変えよう！　イギリス最大のタレントショーが、あなたの夢をかなえます。お申しこみは××××—××××—××××」

ピザの宅配みたいに、電話で新しい人生を注文できたらいいのに。父さんがお酒をやめて、母さんがもどってきて、父さんも母さんも変わって、でもジャスはいまのままの、そんな人生に。

「ジェイミー、明日は、それ着れないからね。ローズとおわかれするから、父さんが喪服を着なさいって」

ジャスがぼくのＴシャツをあごでさしたら、つぎのＣＭがはじまって、ぼくはさけんだ。

「チョコクリスピー！」

これで一ポイントゲット！

このあいだまで着てた服は小さくなってて、なにを着ていこうかまよったけど、結局、黒いズボンをはいて、黒いセーターの下にスパイダーマンのTシャツを着た。えりぐりからTシャツの赤と青が見えてるのに気づいたジャスが、だめって言ったのにって顔をしたけど、父さんはローズの壺しか見てないから、ぜったい気づいてないよ。

朝食のとき、父さんがテーブルに壺をおいた。壺はまるで大きな塩入れみたいだ。でも、フライドポテトにかけたりしたら……、うわー、まずそう。

セントビーズ海岸までは、車で二時間かかった。そのあいだ、父さんはおなじテープを何度もまきもどして、くりかえし、くりかえしきいた。あの事件の三か月まえ、父さんの誕生日に録音したテープで、毎年、遺灰をまきにいくときにきくんだ。雑音がすこしまじってるけど、ジャスとローズが、母さんのピアノにあわせて『飛びたつ勇気』をうたってるのがきこえる。

「あなたが笑うと　心は天までとどきそう
あなたの強さが　飛びたつ勇気をくれる
糸につながれ　空をかける　凧みたいに

あなたがいれば　最高のわたしでいられるの」
ローズのソロをきいて、「天使の歌声だ」って父さんは声をつまらせたけど、だれがきいたってジャスのほうがうまいから、そうジャスに言ったんだ。助手席はローズの壺が占領してるから、ジャスはぼくのとなりにすわっている。父さんは、ローズの壺にはシートベルトをつけたのに、ぼくにはシートベルトをしたか、ききもしないんだよ。

高速道路をおりて丘をくだっていくと、急に目の前がひらけて海が見えた。青いラメペンをまっすぐひいたみたいな水平線が、だんだんはっきり見えてくる。父さんはシートベルトがきつかったのか、窒息寸前だったみたいに乱暴にひっぱってゆるめた。父さんが車を駐車場に入れながら服のえりをひっぱったら、ボタンがはじけて、射的みたいにハンドルにあたった。ぼくはふざけて「大あたり！」って言ってみたけど、父さんもジャスもノーコメント。父さんは指でダッシュボードをたたいてる。タッタッタッタッ……って、馬の早駆けみたいに。

〈これからいく海岸にロバはいるかな〉って考えてたら、ジャスが車のドアをあけて、駐車券を買いにいった。父さんもすぐに車からおりた。ジャスが機械にお金を入れて、まだ券は出てきてないのに、父さんは先のほうにいって待っている。壺をしっかりとだきしめて。

「早くしなさい」って言われて、シートベルトをはずして外に出ると、フィッシュ・アンド・

チップスのにおいがした。ぼくのおなかがグーって鳴った。

浜辺を歩いていたら、水切り遊びができそうなひらべったい石を五つも見つけた。こういう石は、じょうずに投げると水面をはずむように飛ぶんだよ。ジャスがまえに、やり方を教えてくれたんだ。石をひろって投げたかったけど、そんなことをしたら父さんがおこりだすにきまってる。それで海藻をふんで、すべって壺を落としたりしたら、遺灰がこぼれちゃって、砂にまじってもどせなくなる。そう思ってやめたんだ。遺灰って砂みたいだから。なんで知ってるかっていうと、ほんとはいけないんだけど、二年まえ、壺をあけてみたから。肌色や骨の色がまざってどんな色かと思ったら、ただの灰色で、ちょっとがっかりだった。

強い風で浜に打ちつけられた波が、コーラのびんをふったときみたいに泡立ってる。くつをぬいで、海にはいって遊びたいな。でも、ぜったいだめって言われそう。

「これから、おまえを自由にするからね。でも、父さんはローズのこと、ずっとわすれないよ」

毎年おなじこと言ってるって思いながら、横目で空を見た。太陽がまぶしい。目をほそめたら、オレンジと緑のなにかがちらっと見えて、風を美しくそめながら、凧が雲の中を流れていった。

「ジェイミー」

ジャスによばれて前をむくと、父さんがぼくを見ていた。ぼくがローズにおわかれを言うのを、ずっと待ってたんだ。ぼくはまじめな顔をして壺に手をおいた。それから、ローズのことはあまりおぼえてないけど、「最高の姉さんだよ」って、壺とわかれるのがほんとはすごくうれしいけど、「さびしいよ」って言った。

毎年、壺をあけられなかった父さんが、はじめて壺をあけた。ジャスがはっとして、ぼくも息をのんだ。景色が遠のいていき、ぼくの目には、父さんの指と、壺と、空を泳ぐダイヤモンド形の凧だけがうつっていた。父さんの中指には深い傷があった。いつ、けがしたんだろう。まだ痛むのかな。

壺に手を入れようとしたけど、父さんの手は大きすぎてはいらない。父さんは目をぱちぱちさせながら歯をくいしばった。父さんの手はかさかさにかわいていて、ぶるぶるふるえてる。

父さんは、手のひらの上で壺をちょっとだけかたむけた。二度目に、思いきって壺の口が手につくくらいかたむけたら、灰色のものがすこしだけこぼれでて、そのとたん、父さんは息をはずませて壺をまっすぐにした。この遺灰は、頭蓋骨なのか肋骨なのかつま先なのか、ローズのどこだろうって考えてると、父さんが親指でやさしく遺灰にふれた。

父さんは遺灰をつかみながら、なんかささやいて、手が白くなるまでにぎりしめて、空を見あげてから下をむいた。それから、「やっぱりやめて」って言ってほしいみたいにぼくとジャスの顔を見たけど、ぼくらはだまったまま、父さんが手をひらいて、遺灰が風に飛んでいくのを待った。でも、父さんはジャスに壺をわたして、頭がおかしくなったみたいに、突然、海にはいっていった。波が父さんのくつをぬらした。はずかしさで、ぼくの顔はまっ赤になった。ジャスもどうしていいかわからなくなって、こまった顔でせきをした。父さんはひざまでジーンズをぬらして、もう一歩ふみだして、ゆっくり手をあげてこぶしをひらいた。浜辺で女の子の笑い声がする。凧が空をあがっていく。

その瞬間、強い風が吹いて凧をさらっていった。父さんの顔に遺灰がふりかかる。父さんはくしゃみをして、ローズの体のどっかをはきだした。

「凧がどっかいっちゃう！」って女の子がさけんで、「すぐおりてくるよ」って父親がなだめる声がした。

その話し方がなまってるのに気づいた父さんがふりかえると、褐色の肌の男の人が凧をひきもどそうとしてるところだった。

「ちくしょう！」

父さんが首をふりながら、はきすてた。凧がおりてくるのを見て、男の人が笑いながら女の子をだきよせる。女の子がキャッキャッと笑った。

父さんはジャスのところにもどって壺（つぼ）をひったくると、しまっているふたをさらにぐいぐいおしこんで、〈遺灰（いはい）が飛ばされたのはおまえのせいだ！〉っていうみたいに、女の子の父親をにらんだ。

「父さん、だいじょうぶ？　わたし……、もし父さんがよければやるよ。ローズの……」ってジャスが言いかけたけど、父さんは、結膜炎（けつまくえん）か花粉症（かふんしょう）かビタミン不足で目がかすんで目薬をさしたみたいに、目をうるませてだまっていた。それから、左手で壺（つぼ）をにぎりしめて駐車場（ちゅうしゃじょう）にむかった。

水切り石をひろって投げると、五回はずんで海にしずんだ。新記録だ。

6 スパイダーガール

月曜日の朝、ファーマー先生が、園芸クラブとリコーダーの練習について話したあと、「サッカーチームの入団テストは水曜、三時からです。希望者はシューズを持って校庭に集まってください」って言うのを、ぼくは耳をぴんと立ててきいた。

それから先生は出欠をとった。名前をよばれたら、ふつうは「はい」って答えるんだけど、ダニエルはおじぎでもしそうなくらいバカていねいに、「はい、ファーマー先生！」って言った。かべの天使のかざりを見ると、ダニエルの天使は五番目の雲までのぼっている。スーニャの天使は四番目、あとはだいたい三番目の雲で、いちばん下はぼくの天使だけだ。

「週末はなにをしましたか？」

先生がきくと、みんないっせいに話しだした。ぼくはだまってじっとしてたのに、先生は言った。

「順番に！　じゃあ、ジェイミーから。ジェイミーはどんな楽しいことをしたの？」

どんなって、海に遺灰をまきにいって、でも父さんは遺灰をまけなくて、帰ってから壺を暖炉にもどして、まわりにろうそくをかざって……。でも言えないよ、こんなこと。だから、「トイレにいっていいですか？」って言ったら、先生は「授業中よ」って、ため息をついた。ぼくは立ちあがりかけたけど、どうしたらいいかわからなくてまたすわったら、先生は、ぼくが反抗してると思って、「ジェイミー！　早く答えて」って言った。

「はい！」

スーニャがブレスレットを鳴らして手をあげて、先生があてるまえに話しだした。

「わたしはこの週末、ジェイミーのお姉さんに会いました」

それ、なんの話？　ぼくは、ぽかーんってなった。

「ふた子のお姉さんね」

先生はほほえんで、ゆったりといすにすわりなおした。スーニャがうなずく。

「すてきなお姉さんでした。二人とも」

先生は、うすいグレーの目でぼくを見た。

「なんて名前だったかしら」

ぼくはせきばらいした。

「ジャスと……」

そう言いかけてまよってたら、スーニャが言った。

「もう一人はローズです。わたしたちは海にいって、アイスやチョコを食べたり、貝がらを集めたり、人魚とともだちになって、水の中で息する方法を教えてもらいました」

「それは……よかったわね」

先生は目をぱちくりさせた。

休み時間に校庭に一人ですわってたら、ダニエルたちが近づいてきた。

「あ、へんなやつがいる」

ダニエルが言うと、みんながどっと笑った。ぼくは、くつを見るふりをして下をむいた。

「おまえの彼女(かのじょ)もへんだけど」

ダニエルがまた言って、何百人もいるみたいな笑い声がした。無視(むし)してくつひもをむすびなおそうとしたら、ダニエルが大声で言った。

「そのＴシャツ、人魚ちゃんから、くさいって言われなかった？」

手がふるえて、くつひももむすべない。なにも見たくなくて、なにもききたくなくて、ぼくはひざをかんだ。

「ジェイミーのＴシャツ、すてきだと思うけど！」

心臓(しんぞう)がとまるくらいびっくりして顔をあげると、スーニャがいた。世界のはてから走ってきたみたいに息を切らしてる。それを見たら、〈たすけにきてくれたんだ〉って、ちょっとうれしかったけど、〈たのんでないのに、よけいなことするなよ〉って思ったんだ。

「おまえ、弱すぎ」

ダニエルの悪口がまたはじまった。

「ヘタレ」

「ほんとヘタレ」

みんなも口々に言いだした。ダニエルはみんながしずかになるのを待って、「男らしくおれと対決しないで、女子に泣きつくなんて、女々しいやつだぜ」だなんてマンガみたいなせりふを言うから、おもわず笑いそうになったけど、おこって頭にけりを入れてきたらいやだから、だまってた。そしたらスーニャが言った。

「おそろいのヒナギクの腕輪なんて、すごい男っぽいよね！」

みんなだまっちゃって、ダニエルもなにも言えなかった。見あげると、スーニャはスパイダーガールみたいに、風にスカーフをなびかせて、腰に手をあてて堂々と立っていた。

ダニエルの顔が紙のように白くなった。

「意味わかんない。とにかく、おまえらの負け」

ダニエルはわざとらしくため息をついて、どうでもいいみたいに言った。でも、ほんとは自分が負けたみたいに感じてて、ぼくもそう思ってるってわかってて、だから背すじが凍るほど冷たい目でにらんできた。それから、ライアンが言ったジョークにげらげら笑いながら、どこかにいった。

ぼくとスーニャだけになったら、急にしずかになった。ぼくたちだけが、音を消したテレビ画面の中にいるみたいに。

「勇気あるね。ありがとう」って言いたかった。それから、「まだあのブル・タックの指輪持ってる?」ってききたかったけど、チキンの骨かなんかがひっかかってるみたいにのどがつかえて、なにも言えなかった。でも、スーニャは、わかってるっていうふうに笑って、目をきらきらさせて、スカーフを指さしてから、どこかへ走っていった。

ぼく、母さんと住んでなくてよかったって、はじめて思った。もうすぐ校長先生から電話がかかってくるから。今日、学校で、校長先生は、「この学校で盗みはゆるさないぞ」って言って、ファーマー先生は、ぼくの天使をいちばん下の雲からスタート地点にもどしたんだ。

事件は、昼休みのあとおきた。ダニエルとライアンが、「時計がなくなった」って言って、アレクサンドラとメイジーも、「ピアスがない」って言いだしたんだ。そんなこと、まえの学校ではよくあったから、そんなに大さわぎしなくてもって思ったけど、みんなは前代未聞の大事件みたいに反応した。先生もおどろいて立ちあがった。先生のあごのほくろの毛まで、戦争映画で兵士が気をつけするみたいに、ぴんと立っていた。

先生に言われて、全員が引き出しや服のポケットや体操着入れをからにして、そしたら、時計とピアスは、ぼくの体操着入れから出てきたんだ。

「ジェイミーは、はめられたんです！」

スーニャがさわいで外に出された。ぼくは、すぐに校長室に送られた。

「神さまは、いつもわたしたちを見てるのよ」

図書室を通って校長室にむかいながら、先生が言った。「あなたが一人でいて、だれも見てないと思ってるときでも」って。それって、ぼくがトイレにいるときも？　じゃないといいけど。

先生はノンフィクションのコーナーの前で立ちどまると、ぼくのほうをむいて、太い人さし指をふってまばたきしながら、コーヒーくさい息をはいて言った。

「ジェームズ・マシューズ、あなたにはがっかりよ。早くなじめるようにって思って、やってきたのに。こういうことは、ロンドンの学校ではよくあることでも、ここではぜったい……」

ぼくがいきなり、ドンと床をけりつけたら、『やさしい電気の本』が棚からカーペットに落ちた。

「ぼく、やってない！」

先生は口をきゅっとつぐんでから、「どうかしら」って言った。

ぼくは校長室で説明した。「ぬすんだものを自分の体操着入れにかくす人なんていないし、ぼくがほんとに犯人だったら、パンツの中とか、ぜったい見つからない場所にします」って。校長先生は、「品のないことを言うんじゃない。あとで電話して、おうちのかたと話すからな」って言った。

授業はとっくに終わってたけど、スーニャは校長室の外にすわって待っていた。

「ダニエルがはめたんだよ」

スーニャが言った。「知ってる」って答えたけど、〈こんなことになったのは、スーニャがダニエルをおこらせたからだ〉って急に腹が立ってきた。それで、元気づけようとするスーニャに、「うるさい！　もうほっといて」ってどなって、〝走るな〟っていう張り紙を無視してかけだした。

前髪が汗でひたいにはりつくくらい全速力で走った。父さんには知られたくない。電話がくるまえに帰らなきゃ。町じゅうで花火をあげる〝ガイ・フォークス〟の日に、花火がバーンってあがるのを待ってるみたいに、心の準備をして玄関のドアをあけた。父さんのいびきがきこえる。ほっとした瞬間、ひざががくがくして立ってられなくなった。

そうだ……、ぼくが電話に出て、父さんのふりして話せばいいんだ。父さんは、一日じゅうお酒を飲んでつぶれちゃうと、つぎの日の朝までおきないから、ぜったい気づかないよ。電話がきたら、「ジェームズがそんなことするはずがありません。だれかに罪を着せられたのでしょう。わたしはジェームズの言うことを信じます」って、父さんみたいな低い声で言おう。そしたら、校長先生は「わかりました。もうしわけありません」ってあやまって、ぼくは「おわかりいただければいいんです」って言って、「どうおわびしたら……」って言われたら、「水曜の入団テストでジェームズをえらんでくださったら、今回のことはわすれます」って答えればいいんだ。

台所の電話のそばでじっと待ってると、ジャスが帰ってきた。かたいかべによりかかるのって気持ちいいなぁって顔をしても、ジャスはだまされなかった。

「こんなとこで、なにしてんの?」

結局、ぜんぶジャスに話した。ダニエルの話をきいてジャスはおこったけど、「おそろいのヒナギクの腕輪なんて、すごい男っぽいよな!」って言ってやったって話したら、「やるじゃん」って笑ってくれた。ほんとは、言ったのはぼくじゃないけど、うれしくなった。

ジャスは、おとなっぽい声で電話に出たから、母さんじゃなくて十五歳のジャスと話してるなんて、校長先生はぜんぜん気づかなかった。

「目撃者もいないのに、ジェームズがとったと決めつけるんですか」

ジャスが言うと、校長先生は口ごもった。

「しかし、状況を考えますと、その可能性が……」

「可能性があるというだけで、ばつをあたえるわけにはいかないですよね」

校長先生はだまってしまった。

「わたしは、ジェームズはとってないと確信しています。ご連絡をどうも」

校長先生は、「おいそがしいところ失礼しました」って言って、ジャスは「ごめんください」って電話を切った。

受話器をおいた瞬間、ぼくとジャスはげらげら笑った。さんざん笑ったあとで、テレビを観ながら、冷凍のチキンナゲットとフライドポテトを食べた。ジャスはあんまり食べないから、ぼくがジャスの分も食べようとしたら、「そんなに食べられないでしょ」って言われた。でも、いまだったら、ピザ食べ放題のお店で十三枚は食べられるし、耳を残していいんだったら十五枚は食べられるよ。「ブタになるよ」なんて言うから、「うるさい」って答えといた。

テレビでは、このまえ見たタレントショーのＣＭをまたやってる。「タレントショーに出て人生を変えよう！」か……。

7 緑のハリネズミ

家の前で車がとまる音がした。母さんがきてくれたんだ！ でも、まえもそう思って窓にかけよったら、牛乳の配達だったり、農家のトラクターだったり、近所の人の車だったりした。この車もすぐいっちゃうかもって思って、ベッドの中でエンジンの音をきいてると、車は庭にはいってきた。ぼくはベッドからとびだして、Tシャツのしわをのばして、つばをつけて寝ぐせをなおした。母さん、やっと休みがとれて、運転はきらいなのに、ぼくのために高速をとばしてきてくれたんだ！

ドアにむかうと、ロジャーがついてきた。ドアをあけようとしたとき、部屋の外で床板がきしむ音がした。

「ほんとにきてくれたんだ！」

ジャスがしのび足で歩きながら、携帯電話で話してる。でも「母さんがきたよ」って言いにくるかと思ったら、ジャスはぼくの部屋の前を通りすぎて階段をおりていった。

真夜中に急にぼくがおきだしたから、興奮したロジャーがまとわりついてきた。じゃまだからだきあげると、ロジャーはのどをゴロゴロ鳴らした。ぼくは気づかないうちに酸欠になるまで息を殺して、ジャスのあとから階段をおりた。玄関のドアのガラスごしに、ジャスがぼんやり見えた。

おばあちゃんは「緑はねたみの色よ」って言ってたけど、それはちがう。緑は新芽の色だし、ミント味の歯みがき粉みたいにすっきりして、心がおちつく色だ。嫉妬の色は緑じゃなくて、炎みたいな赤だよ。ジャスが母さんをだきしめて、母さんがジャスの肩に顔をうずめるのが見えた瞬間、ぼくの体は燃えるように熱くなったから。

ロジャーがもぞもぞしだして、下におろしてやったとたん、走りだした。母さんとジャスは、ディスコでその日最後のダンスをなごりおしそうにおどるみたいに体をゆらしてる。ドアの郵便受けをあけると、冷たい空気がはいってきて、たばこのにおいがした。ナイジェルがパイプをすってるんだ。

「ほんとにきてくれるなんて」

ジャスの声と、母さんがジャスのほっぺにキスする音がした。郵便受けからのぞいたけど、母さんの黒いコートしか見えない。手をのばしてつかんだら、夢みたいに消えちゃうかも。

「もういって。父さんに見られたら、わたし殺される」

ジャスが笑ってキスをした。ドアにぴったり耳をつけてたけど、「でもそのまえにジェイミーに会ってね」って言うかと思ったのに、ジャスは言わない。背すじがひんやりした。母さんがきたことは秘密にするつもりなんだ……！

「じゃあね」って言うジャスの声をきいて、ぼくは立ちあがった。母さんにTシャツを見せないと。体の中に音楽隊がいるみたいに、頭がガンガンして、胸がバクバクして、首の血管までドクドクいってる。そのとき、ドアにおしつけられたジャスがささやいた。

「ベイビー……好きよ……」

母さんをベイビーってよんだ!?　気づいたら、手が勝手にノブをまわしてた。

玄関のカーペットにたおれこんできたジャスに、「ないしょで会うなんてひどいよ」って言おうとして、はっと気がついた。ジャスといたのは母さんじゃなくて、でも牛乳屋さんでも、農家や近所の人でもない。緑の髪をツンツン立てて、黒の革ジャンを着て、くちびるにピアスをした男の人だ。びっくりして口をパクパクさせてたら、「魚みたいなやつだな」って言われた。「そっちこそ、緑のハリネズミじゃん」って自分史上最高のジョークでかえしたら、その人は声を出して笑った。たばこのにおいがした。

「おれ、レオ」

レオは、まるでぼくが重要人物みたいに、手をさしだした。
「ぼくはジェイミー」
なれてるみたいにレオの手をとったけど、ほんとは握手なんてはじめてで、〈何秒くらいにぎればいいんだろ?〉って考えてたら、レオが先に手をはなした。ぼくの手はすとんと落ちた。

ぼくにかくれて母さんに会ってたんじゃないってわかって、にこにこしてたら、ジャスが玄関にたおれたまま言った。
「ずっとのぞいてたの? サイテー」

黒いアイシャドーをぬってないと、ジャスの目はすごく大きく見える。父さんは酔いつぶれて二階で寝てるって知ってるのに、ジャスは不安そうに階段を見た。

レオは、ジャスをかかえるようにして立ちあがらせた。力持ちで、背が高くて、カッコいいな。ジャスはレオの腕の中で、「父さんには秘密だよ」ってぼくに言いながら、レオにぴったりくっついた。ぼくはどうしていいかわからなくなっちゃって、そしたら、ロジャーがすりよってきたから、だきあげた。

ロジャーをだきながら、二人がキスするのを十五秒ながめてたけど、「人をじろじろ見るのは失礼よ」って、おばあちゃんに言われたのを思い出して、〈姉さんが夜中の十二時十二分に玄関で彼氏とキスしてるなんてふつうだし〉っていうみたいに背をむけた。

月明かりにてらされた台所は、ぼんやりした薄闇にしずんでいる。ファーマー先生のうすいグレーの瞳の中にいるみたいって思ったら、犯人あつかいされたことが頭によみがえって、腹が立ってきた。スーパーにいったときは、母さんが見てないすきに、ときどきブドウをひと粒とって、口を動かさないようにこっそり食べてたけど、それくらいしか、ものをとったことなんてないのに。

ロジャーがぼくの腕からとびおりた。ぼくは裏口のドアをあけて庭に出た。空気も、足の下の草もひんやりと冷たい。たくさんの星が、母さんの結婚指輪の宝石みたいにひかってる。母さんは、もうあの指輪はつけてないだろうな。先生が言ったみたいに、神さまはこの瞬間もぼくを見てるのかな？〈見るなよ。バーカ！〉って、ぼくは空にむかって中指を立てた。

ロジャーはネズミでも見つけたのか、月の光にきらきらと毛をかがやかせて、しのび足で歩いてる。ロジャーが玄関の階段においていった、ふわふわのネズミの死骸のことが頭にうかんでくるのをふりはらう。死んで、冷たくかたくなった小さな灰色の動物。土にうめられたら、こんな寒い夜もひとりぼっちなんだ。土の下に、まだ生きてるみたいな体があるなんて、ひどすぎるよ。ローズはそうじゃなくて、ほんとうによかった。

池のほとりでそんなことを考えてたら、突然、パシャッていう水音がした。池のふちにひざをついて、鼻が水につくまでかがみこんで暗い水に目をこらしたけど、水草がゆれてるのしか見えない。でも、ここには、ぼくの髪とおなじオレンジ色の金魚がいるんだ。ぼくは自画像を描くとき、髪はオレンジ色で描くけど、ここにいる金魚をスケッチしたときもオレンジ色にぬったんだ。この池に住む生きものは、その金魚だけ。ずっとひとりぼっちでいるのって、きっとすごくさびしいだろうな。

父さんが、めずらしく朝食におきてきた。十六時間爆睡した父さんは、お酒と汗のにおいがする。二日酔いの父さんは、朝ごはんは食べないで紅茶だけ飲んだ。紅茶はあまり好きじゃないけど、父さんがぼくの分もいれてくれたから、ぼくも飲んだ。ジャスは星占いをチェックするあいだ、四回もあくびした。

「なんで、そんなにねむそうなんだ」

父さんにきかれて、ジャスは「さあ」って肩をすくめながら、ぼくにこっそりウインクした。ぼくは父さんに気づかれないように、お皿のチョコクリスピーにむかって笑った。レオがまたすぐきてくれたらいいな。

外はどしゃぶりの雨だ。ジャスが「車で送って」ってたのんだら、父さんは「いいよ」って、ルームシューズのまま運転して学校まで送ってくれた。父さんがスーニャを見たらどうしようって思ったけど、みんなフードをかぶったり傘をさしたりしてるから、父さんも気づかないよね。学校に着いて車からおりようとしたら、「これ着て。Tシャツがぬれるでしょ。そのままだと、かぜひくから」って、ジャスがレインパーカーをわたしてくれた。

今日は遅刻しないでよかったって思いながら、教室にはいった。先生はまだきてない。スーニャは、手や鼻の頭がよごれてるのにも気づかないで夢中で絵を描いている。「おはよ」って言おうとして、でもイスラム教徒と話したら、車で送ってくれて、「学校楽しんでこいよ」って言ってくれた父さんに悪い気がして、やめた。

そのとき、だれかがこそっと、なんか言った。それは、あっという間に教室じゅうにひろまった。

「どろぼう！　どろぼう！」

ダニエルがみんなの中心で指揮してる。みんなは、机をバンバンたたきながらさけんだ。

「どろぼう！　どろぼう！」

なんとかしてよってスーニャを見たけど、スーニャは赤いサインペンをもくもくと動かしていて、顔をあげようともしない。

先生がはいってきたとたん、教室はしずかになった。さわぎは廊下にもきこえたはずなのに、先生はぜんぜんしからないで、〈自分が悪いんでしょ〉って顔でぼくを見た。

「出欠をとってくれる人！」

先生がきいたら、ダニエルがさっと手をあげた。先生がにっこりすると、ダニエルは得意そうな顔になった。先生はダニエルの天使を六番目の雲においた。

雨がザーザーふってたから、休み時間は外に出なくてすんだ。五分トイレにいて、廊下にはってある美術の作品を三分ながめて、「頭が痛い」って保健の先生に言ったら、ひたいにあてるウエットティッシュをくれて、それで四分つぶれたけど、残りの二分はしかたなく教室にいた。

「どろぼう！　どろぼう！」ってまたはじまって、でも、もりあがるまえに先生が職員室からもどってきた。

歴史の授業中、窓の外を見てると、だんだん小雨になってきた。晴れたら、昼休みは外にいかされて、そしたらダニエルが頭にけりを入れてくるかもって思ったら、〝ビクトリア朝の人々〟の作文にぜんぜん集中できなかった。結局、ぼくは、煙突掃除人の生活について三行しか書けなかった。先生は不満だろうな。

授業が終わると、昼休みの監督のおばさんが、「校庭に出ていいわよ」って言いにきた。ぼく以外は、みんな「やったー！」って歓声をあげた。

校庭に出た瞬間、ダニエルたちが全速力でやってきて、ぼくをとりかこんだ。そこから出ようとするたびに輪の中におしこまれる。おばあちゃんが、「悪の輪をたちきるのはむずかしい」って言ってたけど、ほんとにそうだ。ダニエルたちは、足をふみならしたり手をたたいたりしながら大声でさけんだ。

「どろぼう！　どろぼう！」

おばさんは校庭の反対側にいて、ぬれた芝生の中にはいった男の子たちをしかってて、こっちを見てない。スーニャをさがしたら、白いスカーフのうしろすがたは、校舎前の階段をのぼって教室にむかっていった。

ぼくは耳に手をあてて、目をほそめた。体がちぢんで、Ｔシャツのそでがだぼだぼになったみたいな気がする。ぼくはスパイダーマンみたいになれないし、ダニエルに立ちむかう勇気なんてないし、こんなとこ、母さんにはとても見せられないよ。

最初にあきたのはライアンだった。ライアンはぼくの足をけって、「ヘタレ」って言っていなくなった。それからどんどん人が少なくなって、十秒後にはダニエルと二人だけになった。

「みんな、おまえがきらいだから」

ぼくはだまって下をむいた。ダニエルはぼくの足をふみつけて、顔につばをはいた。

「ロンドンに帰れ」

ぼくだってそうしたいけど、いますぐロンドンに帰りたいけど、母さんはめいわくかもしれないし、帰りたくても帰れないんだ。「帰れ」って、ロンドンがぼくの帰る場所みたいに言われたって……。

そのとき、三つ編みの女の子がダニエルの肩をたたいた。女の子はピンクの棒つきキャンディーをなめながら、ダニエルに言った。

「ファーマー先生が教室でよんでるよ」

「なんで？」

「知らない」

ダニエルは肩をすくめてから歩きだした。ようやくいなくなった……。ぼくは顔にはきかけられたつばをぬぐって、ふるえる足でベンチにすわった。ダニエルは、むこうで昼休みの監督のおばさんになんかきいてる。おばさんがうなずくと、ダニエルは階段をのぼって校舎にはいっていった。

昼休みのあとは、電子黒板をつかった授業だ。教室にもどって、入り口からいちばん遠くにすわった。カーペットの上にすわると、けられた足が痛いけど、そんな顔見せるもんか。

スーニャがみんなの足をのりこえながらやってきて、ぼくのとなりにすわった。瞳をいつも以上にきらきらさせて、やけにうれしそうな顔で、スカーフからはみでた髪を、赤いインクでよごれた指にくるくるってまきつけている。そういえば、ダニエルは先生におこられたわけじゃなさそうだし、さっきは、なんでよばれたんだろう？

メイジーがむずかしい数字パズルを解いた。先生が、かべのかざりのほうに近づいていく。スーニャが、はっとしたみたいに手をとめた。

「メイジー、よくできたわ。あなたの天使は……」

天使をつかもうとした先生は息をのんで、口をぽかんとあけて、かべのかざりを見た。ぼくも、すっごくびっくりした。かべの左下に、〝地獄〟っていう赤い文字と悪魔の絵がはってあって、悪魔に〝ファーマー先生〟って、きれいな字で書いてあったから……。先生はつぶやいた。

「だれがこんな……」

これ、すごすぎだよ……。赤い悪魔にはするどい角と長いしっぽがあって、邪悪な目をひからせてるし、とがったあごの、あの茶色い点はほくろだよね？

先生は、しーんとした教室をとびだして、二分後には、昼休みの監督のおばさんと、黒いスーツにシルクのネクタイをしめてピカピカのくつをはいた校長先生をつれてもどってきた。

「昼休みにやったんだわ」

ファーマー先生が、チーンって鼻をかんだ。

「その時間、校舎にはいった生徒はいますか？」

校長先生がぼくのほうを見ながら、おばさんにきいた。おばさんはネックレスをさわりながら、ぼくたちの顔をじゅんじゅんに見てからうなずいた。スーニャのうでは小きざみにふるえている。

「あの子です」

おばさんはダニエルを指さした。校長先生はダニエルに言った。

「いますぐ校長室にきなさい」

ダニエルはまっ青になって反論した。

「校舎にはいったのは、ファーマー先生によばれたからです」

「ダニエルをよびましたか」

校長先生がきくと、ファーマー先生は首をふった。ダニエルはぼくを指さした。

「ジェイミーにきけばわかります」

スーニャが軽くこづいてきた。なんの合図か、すぐわかった。ダニエルは必死になって言った。

「三つ編みの女の子がよびにきたよね。先生にそう言ってよ」

ぼくは、さっきはまともに顔を見れなかったけど、今度は、ダニエルのおびえた目をまっすぐ見た。

「ごめん。なんのことかわかんないよ」


ファーマー先生は授業をつづけられる状態じゃなかったから、おばさんが本を読んでくれた。

授業が終わると、みんなは教室をとびだして、スーニャと二人だけになった。スーニャと話したいけど、どう切りだしたらいいかわからないし、それで筆箱をあけてペンのむきをそろえたけど、ほかにやることもないし……。

顔をあげると、スーニャがピンクの棒つきキャンディーをなめながらぼくを見ていた。ダニエルをよびにきた子がなめてたのに似てる。スーニャは肩をすくめた。

「あの子にキャンディーをあげて、協力してもらったの」

そんなこと、だれでも思いつくみたいに言ったけど、世界一どころか、理科で習った永久不滅の宇宙の中でだって、最高の計略だよ。

ぼくはうなずいた。ジェットコースターに乗るまえみたいに頭がぐるぐるして、ふらふらして、ちょっとこわいような気持ちで。

スーニャは、ポケットからブル・タックの指輪を出した。一つには茶色い石、もう一つには白い石がついてる。スーニャのきらきらした瞳（ひとみ）がスポットライトみたいにまぶしい。スーニャはだまったまま、まじめな顔で、茶色い石のついた指輪を中指にはめて、白い石のついた指輪をぼくの手にのせた。ぼくは一〇〇〇分の一秒だけためらってから、えいって自分の指にはめたんだ。

8 二人のハロウィーン

死んだ金魚みたいに落ち葉が水たまりにうかんで、紅葉した丘はところどころ、あざみたいな紫色や茶色になって、ぼくの好きな季節がきた。花が風にゆれて鳥がさえずる夏は、パーティーみたいなハッピーオーラ全開で、ぼくだけとりのこされた気がするから、しんみりする秋のほうが好きなんだ。

十月の終わりにはハロウィーンもあるし。ぼくは、クリスマスやイースターより、ハロウィーンのほうが楽しみだ。仮装できるし、お菓子をもらえるし、いたずらをするのも得意なんだ。小さいころ、いたずらグッズを買ってもらえなくて、自分で考えなきゃいけなかったから。

むかし、いたずらグッズがほしいって母さんに言ったら、『『お菓子をくれなきゃいたずらするぞ』って言われて、お菓子をあげないで、いたずらをえらぶ人なんていないわよ」って言われたけど、あれは大うそだったなぁ。それより大きいうそも、母さんはついたけど。

ローズの三回目の命日に、酔っぱらった父さんは、「ハトを追いかけるのをやめさせてたらローズは死ななかったのに」って、また母さんを責めた。そのとき、母さんは台所で絵を描いていた。母さんは涙でよく見えなくて、ハートをまっ黒にぬっちゃって、ぼくはハートを赤い線でかこってあげた。

「母さんたち、わかれるの？」

そう言ったら、母さんは、はなをすすりながらつぶやいた。

「もう、わかれてるみたいなものだから」

ぼくは流しに筆をおいた。

「それって、わかれないってことだよね？」

一瞬、間があいて、母さんはうなずいたんだ。

それにくらべたら、お菓子よりいたずらをとる人はいないっていうのは小さなうそだけど、そのせいで、ひどいめにあったことがある。まえに、ハロウィーンのお菓子をもらいに近所をまわったとき、ブルドッグを飼ってるこわいおじさんの家にいっちゃって、「お菓子をくれなきゃいたずらするぞ」って言ったら、「じゃ、いたずらしてみろ」って言われたんだ。ぼくは、どうしていいかわからなくて、だまった。

「耳がきこえないのか？」

ぼくは首をふった。

「なら、早くしろ」

ぼくは、おじさんに目をつむってもらって、おじさんの腕（うで）をつねってかけだした。

「このクソガキ！」

おじさんがさけんで、ブルドッグがほえまくって、ぼくはこわくなって家に帰った。でも、やっぱりお菓子（かし）をもらいにいきたいから、つぎの年からは、そう言われてもこまらないように、いたずらを考えとくことにした。


今年は、スーニャとお菓子（かし）をもらいにいくんだ。スーニャはいつも、『チョコレート工場の秘密（ひみつ）』に出てくるウィリー・ワンカよりおもしろいことを思いつくから、ぜったい楽しいよ。あの悪魔事件（あくまじけん）もすごかったしなぁ。結局、犯人（はんにん）はスーニャだってばれなくて、ダニエルは三日間の停学になった。ダニエルの天使はかべからはずされて、リサイクルボックスに入れられたんだよ。

「キリスト教徒じゃないのに、ハロウィーンはするの？」

そう言ったら、スーニャは笑いだした。スーニャは笑いだしたらとまらないんだ。ぼくまでなんだかおかしくなってきて、校庭のベンチでずうっと二人で笑っていた。スーニャが言った。

「ハロウィーンはイギリスの行事で、キリスト教とは関係ないの」

ぼくは、おもわず言いかけた。「スーニャもイギリスの行事を祝うの？」って。スーニャはイギリス生まれだって、いつもわすれちゃうんだ。

スーニャはビニール袋を持って、白い毛布をとなりにおいて、トチの木の下にすわっていた。

「スパイダーマン、調子はどう？」

「まあまあだね。スパイダーガールは？　今日は何人救ったの？」

スーニャは指を折って数えるまねをした。

「……九百……三十……七人。大いそがしよ。スパイダーマンは？」

スーニャがくすくす笑いだす。ぼくは頭をかきながら考えた。

「八百十三人だよ。今日は遅番だし、早めにきりあげたから」

そう答えると、二人で爆笑した。毎日このジョークを言ってるけど、ぼくたちぜんぜんあきないんだ。

休みの日に、学校の外でスーニャに会うのって、不思議な感じ。スーニャのとなりにすわって、木のむこうに目をこらす。かさかさしたオレンジ色の葉を見たら、なんか陽にあたりすぎてしなびたおじいさんを思い出した。このへんにお酒を売ってるお店はないから、父さんがくることはないよね。

いままでハロウィーンは、いつも一人でお菓子をもらいにいってたから、「いっしょにいかない?」ってスーニャにさそわれたときは、すごくうれしかった。〈何個くらいもらえるかな〉とか、〈どんないたずらをしようかな〉っていう気持ちでいっぱいで、すぐにオーケーしたんだ。

でも、学校ではなかよくしてるけど、休みの日にイスラム教徒と会ったりしていいのかなって、さっきミイラに仮装するのに救急箱からこっそり包帯をとりながら思った。今朝、また父さんがイスラム教徒の悪口を言ってたから。朝ごはんのシリアルを食べながらテレビを観てたら、父さんが、スーニャとおなじ褐色の肌のニュースキャスターを見て言ったんだ。

「BBCは、パキスタンの犯罪者を雇うのか」

「パキスタンの人じゃないかもしれないのに」

おもわず、そう言ってしまった。ジャスのまゆがピクッとあがって、ピンクの前髪にかくれた。父さんがチャンネルを変えた。テレビではアニメをやってる。父さんは、手が白くなるまでリモコンをぎゅっとにぎりしめた。

「おい、いま……」

父さんがしずかな声で言った。ぼくはせきをした。

「なんて?」

ジャスは、〈だまって〉って言うみたいに、ぼくにむかって、くちびるの前に指を立てた。白いおしろいはぬってないのに、幽霊みたいに青ざめてる。ぼくは言った。

「べつに」

「そうだよな」

父さんは、暖炉の壺を見てちょっとうなずいた。


スーニャが毛布をかぶると、褐色の肌はぜんぜん見えなくなった。毛布には、目の穴とソーセージ形の口の穴があいてるだけだ。「いいじゃん」って言ったら、「ジェイミーもカッコいいよ」ってほめてくれた。ぼくのほうは、包帯が足りなくてピンクのトイレットペーパーをまいた、へんてこなミイラなのに。「雨がふったら紙がとけそう」って言ったら、「で、下水に流されちゃうの」って、スーニャはくすくす笑った。

三時間で、ぼくたちは見つけた家をぜんぶ制覇して、ぱんぱんになった袋をかかえて、トチの木の下にすわってお菓子を食べた。あたりはまっ暗で、でも空は星でいっぱいだ。〈ぼくたちの特別な夜のピクニックのために灯されたキャンドルみたい〉なんて、ちらっと思った。

笑いすぎておなかが痛い。ぼくの人生で最高の一日かも。そうスーニャにつたえたいけど、「おおげさだなぁ」って笑われるかなって思って、やめた。それで、「あのおじさん……」って、さっきたずねた家の話をしようとしたら、スーニャもぼくも笑いの発作におそわれた。「お菓子をくれなきゃいたずらするぞ」って言ったら、そのおじさんは「いたずらしてみろ」って、そんなこと言いそうに見えないのに、言ったんだ。

「一人が気をそらしているあいだに、もう一人がほんとの攻撃をしかけるのを、『おとり作戦』っていうの」って、スーニャが教えてくれたけど、ぼくたちの〝おとり作戦〟では、ぼくが水鉄砲を出して、水をよけようとしたおじさんが目をつむった一瞬のあいだに、スーニャが家に、いたずらグッズの悪臭弾を投げこんだ。水鉄砲に水ははいってなくて、おじさんが目をあけると、スーニャが「うそでしたー!」って言って、そしたらバンッてドアをしめられた。

居間の窓からこっそり見てたら、ソファーにすわったおじさんは、一分後に顔をしかめて、その十秒後には上をむいてくんくんして、さらに十秒たったら、犬のウンコがついてないかくつをしらべだした。げらげら笑ってたら、スーニャがぼくの口をおさえて、スーニャの冷たい手の下で、ぼくの顔は燃えるように熱くなった。

スーニャがお菓子をほおばりながら言った。

「なんで、そのかっこうなの？」

「ミイラになろうとしたけど、包帯が足りなくなって……」って言ったら、スーニャは首をふって、「それじゃなくて」ってトイレットペーパーをさして、「こっち」ってスパイダーマンのTシャツにふれた。ぼくは言った。

「スーパーヒーローだもん」

スーニャは息をふうってはいた。コーラグミのにおいがした。スーニャは毛布の穴から、空の星をぜんぶ集めたよりきらきらかがやく瞳でぼくを見た。

「ほんとに、なんでいつもそれ着てるの？」

体育ずわりをして、あごをひざにのせたスーニャは、ゆっくり棒つきキャンディーをなめている。ぼくが話しだすのを、いつまでも待つみたいに。でも、引っ越しのとき、父さんが寝室からたんすを出そうとして、横にしたりななめにしたり上下ぎゃくにしたり、一時間くらいいろいろやってみたけど、結局ドアを通らなかったみたいに、言葉がつかえて出てこない。父さんがお酒をやめられなくて、母さんが不倫して……って、どこから説明すればいいの？

スーニャの棒つきキャンディーがほとんどなくなるころ、ぼくは言った。

「これが気にいってるから」

ぼくは話題を変えたくて、つづけて言った。

「スーニャこそ、いつもスカーフつけてるよね」

「ヒジャーブだよ」

「ショーブ……勝負服なの？」

「そうじゃなくて、ヒジャーブっていうものなの」

ヒジャーブ、ヒジャーブ、ヒジャーブ、ヒジャーブ……、きれいな言葉だなって思いながらくりかえしたら、急に父さんの顔が頭にうかんだ。ぼくが暗闇の中、トチの木の下で、幽霊に仮装したイスラム教徒のとなりでヒジャーブってとなえるのを見たら、父さんはぜったいイスラム教徒の悪口を言うし、目に涙をためて、顔をくしゃくしゃにして、怒りにふるえながらローズの壺をにぎりしめるだろうな。

もらったお菓子は四分の一くらいしか食べてないのに、急に気分がわるくなってきた。ぼくは立ちあがって、お菓子の袋をスーニャのひざにのせた。

「そろそろ帰る。それあげるから」

顔の包帯や、体にまいたトイレットペーパーをむしりとりながら歩きだす。でもやっぱり、スーニャが「どうしたの?」って追いかけてきてくれたらいいのにって思ってると、まがり角にきた。あと五歩すすんだら、スーニャから見えなくなっちゃうって思ったら、しぜんとゆっくりになってしまう。ぜったいふりむかないぞって決めてたのに、首が勝手にうしろをむいて、そしたらスーニャが走ってくるところだった。

「こわくなったの? スパイダーマン。スパイダーマンが急ににげだすなんて」

スーニャが追いついたら、今度ははなれたくなって、早足になって、でもいっしょにいたい気もして、ぼくは言った。

「『八時までに帰ってこい』って、父さんに言われたんだ」

「そんなこと言われてないくせに。ねぇ、ネズミチョコあげるから、コーラグミもらっていい?」

スーニャはそう言いながら、お菓子の袋をおしつけてきた。

そのとき、角をまがる車のヘッドライトが見えた。あの車は……うそだろ。父さんの車だ。とまろうとしている。胸がドキドキして、かくれなきゃって、スーニャの手をつかんだけど、建物とかへいとか、かくれられるような場所はどこにもない。

「どうしたの?」

「にげて！」って言おうとしたら、車はぼくの横でとまった。窓があいて、父さんが顔を出した。ぼくはスーニャの手をはなして、ゾンビみたいに手をつきだして、こわそうな顔をしていった。

「お菓子をくれなきゃいたずらするぞ。お菓子、お菓子……」

スーニャは毛布をかぶってるから、イスラム教徒だってわからないかも。父さんが気づきませんように！

「ともだちか？」

父さんは、ろれつがまわらない口できいた。

「スーニャです」

ぼくがイギリス人っぽい名前を必死に考えてるあいだに、スーニャが答えてしまった。父さんはにっこりして、ビールくさい息をはいていった。

「こんばんは。ジェイミーの学校のともだちかい？」

「ジェイミーとはクラスがおなじで、となりの席にすわってます。お菓子と秘密でむすばれたともだちなんです」

父さんはちょっとびっくりしたみたいだけど、おもしろがって言った。

「それもいいけど、勉強もね」

スーニャは、「わかってます」って笑った。

「家まで送るよ」

父さんもにっこりした。

イスラム教徒のスーニャが父さんの車に乗ってるって思ったら、シートベルトが苦しくて、体が熱くなった。スーニャの家族が外にいたり、お礼を言いに出てきたり、家のカーテンがあいてて中が見えたら、どうしよう。褐色の肌の家族を見たら、父さんはめちゃくちゃおこるだろうな。

酔っぱらった父さんの運転はふらふらしてる。飲酒運転撲滅のＣＭで、みんな最後に死んじゃうのを思い出して、スーニャを乗せなきゃよかったって後悔した。スーニャはお菓子を食べながら、ニコニコマークがついてるみたいな声で楽しそうに話してる。

「はい、生まれてからずっと、ここに住んでます。……父さんは医者です。……母さんは獣医をしています。……上の兄さんはオックスフォード大学にいってて、下の兄さんは高校生です」

「優秀な一家なんだね」

父さんは感心したみたいだ。

「あの右側の家です」

スーニャが言った。車は、大きな門の前でとまった。カーテンから家の明かりがもれてる。でも、だれにも会わずにすんだよ。

スーニャは、にぎりしめたお菓子(かし)の袋(ふくろ)をふりながら車からおりた。毛布(もうふ)から褐色(かっしょく)の指がのぞいてる。一生のお願いです……、どうか父さんが気づきませんように。

「送ってくださって、ありがとうございます」

スーニャがお礼を言うと、父さんは「どういたしまして」って笑った。スーニャは毛布(もうふ)のすそを風にゆらして走りだした。

ぼくは窓(まど)から、スーニャが門の中に消えるまで見とどけた。車が動きだす。父さんは運転しながら、バックミラーのぼくを見て言った。

「彼女(かのじょ)か?」

「ちがうよ!」

ぼくは、まっ赤になって答えた。父さんは笑った。

「いいじゃないか。ソーニャはいい子だし」

「ソーニャじゃなくて、スーニャだよ! スーニャはイスラム教徒なんだ!」ってさけんだら、父さんはなんて言うだろう。毛布(もうふ)をぬいでヒジャーブをつけたスーニャを見たら、いい子だなんて言うわけない。

9 キックオフ！

一時間目は図書室にいって、〝ビクトリア朝の人々〟についてしらべることになった。「ビクトリア朝時代、多くの女性ははたらかないで、家で子どもの世話をしていました。女性は離婚すると財産をうしないました。当時の女性は、かんたんには離婚できませんでした」って、本に書いてあった。いまがビクトリア朝なら、母さんも家を出てかなかったかもなぁ、なんて考えてたら、だれかが背中をさわってきた。また、ダニエルのいやがらせだ！

〝図書室ではしずかにしましょう〟っていうポスターが見えたけど、無視して、「先生！」ってさけんだ。先生が「どうしたの？」ってきいて、ぼくは「うしろの人がついてくるんです」って言った。うしろでせきばらいがして、ふりかえると……そこにいたのは校長先生だった。

「ジェイミー！　校長先生に失礼よ」

ファーマー先生にぐちぐち言われながら、校長先生と廊下に出た。鼻の穴の中が見えて、こんなに鼻毛ボーボーで息できるのかなって考えてたら、校長先生が言った。

「明日の午後は、あいてるかい」

「はい」

「じゃあ、決まりだ。サッカーの試合に出てくれ。クレイグがけがをして、かわりの選手が必要になったんだ」

家に帰ってジャスに話すと、「ぜったい観にいくね。あの魔法のシューズで、ウェイン・ルーニーみたいにゴールできるよ。今週は、獅子座の運勢、最高だし」って言われた。「きてくれる?」って父さんにもきいてみたけど、酔っぱらった父さんはげっぷをして、なにも言わなかった。


サッカーチームの入団テストは、ひと月まえにあった。そのときは、はじめはミッドフィルダーでプレイして、途中からフォワードにうつって、ぼくなりにがんばったけど、ほとんどボールにさわれなくて、ぜんぜんだめだった。結果発表のまえの夜は、おなかの中でちょうちょが飛びまわってるみたいにそわそわして、ねむれなかった。しかも朝になったら、ちょうちょが卵を産んで、いきのいいちょうちょが十倍にふえた気分だった。

入団テストの結果は、二時間目のあとの休み時間に、校長室の外の掲示板にはりだされることになっていた。一時間目は、〝すてきな家族〟っていう詩を書いた。〈ローズが死んで灰になり　父さん悲しみ　愛しつづける〉っていうのが思いうかんだけど、先生はローズが生きてると思ってるから、こんなことぜったい書けない。算数の時間は分数の問題を解いた。計算は得意なのに、おなかのちょうちょが頭に移動したみたいに、ふわふわして集中できなかった。

「外で遊ぶときはコートを着るのよ」

そう言って先生が授業を終えると、ダニエルとライアンは校庭にとびだしていった。二人は四年のときも選手にえらばれてて、結果を見なくても合格って知ってるから。

掲示板を見にいってぼくの名前がなかったらカッコわるいし、本を読んでるふりして掲示板の前を通ろうと思って、図書室にいって、近くの棚にあった本をタイトルも見ないで借りた。それから掲示板にむかった。

掲示板にはられた選手名簿が見えた。レギュラーが十一人、サブが三人だ。遺灰をまきにいくときにきいた『飛びたつ勇気』が頭にうかぶ。口笛を吹きながら近づくと、くねくねした字が見えた。もう一歩近づいたら、〝J〟ではじまる名前が二人いるのがわかった。一人はジェームズじゃない。もう一人は……。

口笛を吹くのはやめて、でもくちびるはつきだしたままゆっくり近づくと、七番目の名前はジェームズだった。ジェームズ……マボット……五年。

ぼくはレギュラーでも補欠でもなかった。

ぼくは走って校庭にむかった。ドアをけって外に出て、階段をかけおりて角をまがろうとしたら、スーニャにぶつかった。ぼくの本が飛んで、砂利の上に落ちた。スーニャはそれをひろおうとして、大きな黒い字で書かれたタイトルをまじまじと見た。

『いのちのふしぎ　赤ちゃんはどうやってできるの？』

スーニャがくすくす笑いだす。ぼくはあわてて本をひったくった。

夜、ぼくは出窓の前で『いのちのふしぎ』を読んだ。ロジャーは足もとでまるくなっていた。その本によると、ぼくが生まれたのは一兆分の一よりもっともっと小さい確率で、父さんの精子と母さんの卵子の出会うタイミングがすこしでもずれてたら、ぼくじゃなくてべつの人間が生まれたんだって。「あなたが生まれたのは、ほんとうにすごい奇跡なのです」って、そんなことがいっぱい書いてあったけど、ぼくがぼくで生まれたのは、奇跡っていうより災難かも。


試合の朝、更衣室の前でぐずぐずしてたら、スーニャが通りかかった。

「勇気出して。スパイダーマンは、試合なんてこわくないでしょ」

「スパイダーマンはサッカーなんてしないよ」って言いたくなったけど、元気づけようとしてくれてるのがわかったから、だまっていた。スーニャがまた言った。

「魔法の指輪だってつけてるし」

ぼくは、中指にはめたブル・タックの指輪を見た。指輪の白い石にさわると、すこし心が軽くなる。スーニャはにっこりした。

「ぜったい、だいじょうぶ」

ぼくは深呼吸して、更衣室のドアをあけた。

中にはいると、キャプテンのライアンがまじめな顔で腕組みして、校長先生と作戦会議をしていた。ライアンはつま先でボールをおさえながら、先生がなにか言うたびに、いちいちうなずいた。ボールは体の一部みたいに、ぴったり足にくっついてる。ダニエルは右足をゆすりながら、おこった顔でベンチにすわっていた。ライアンがうらやましいんだろうな。悪魔事件で停学になるまでは、ダニエルがキャプテンだったから。

ダニエルがぼくに気づいて、おまえがいるなんてありえないっていうみたいに首をふった。ぼくは無視して、体操着入れから短パンを出した。そして、床につまれたユニフォームの中から、スパイダーマンのTシャツがかくれるような長そでをえらんだ。

「円陣組むぞ」って校長先生が言うと、となりにいたチームメイトが肩に腕をまわしてきた。

ぼくもチームの一員だって思ったら、顔がにやけちゃって、あわててくちびるをかんだよ。
校長先生が言った。

「今シーズンで、いちばんたいせつな試合だ。今日、グラスミアに勝てば首位に立てるぞ」

みんなしーんとして、息をつめて校長先生を見つめた。みんなの必死な顔を見たら、胸が苦しくなって、ぜったい、ぜったい、ぜったい勝ちたいって思った。

「優秀な選手が何人か出られないけど、サブの選手とベストをつくそう」

ぼくはそのとたん、うつむいた。先生は話しつづけたけど、頭にはいってこなかった。

外に出ると、ピッチのまわりに選手のお父さんやお母さん、おじいちゃんやおばあちゃんがいた。赤毛や、黒や茶色の髪の中に、ピンクと緑の髪と、黄色のヒジャーブが見えた。試合になれてるふりして、ウォーミングアップの屈伸とジャンプをやって、ピッチの左はしでボールなしでドリブルの練習をしてるあいだに、グラスミアの選手が到着した。

「キャプテンはこっちへ」

審判によばれたライアンを、ダニエルは顔を赤くしてうらやましそうに見てる。コイントスで、ライアンは表をえらんだ。コインは表で、グラスミアの先攻になった。

キックオフの笛が鳴った。キーパーじゃなくて出る、はじめての試合がはじまった。

三度ボールがまわってきたけど、すぐにうばわれてしまった。ぼくについた選手は、タフで強くて体も大きい。そばによると、おとなみたいに消臭スプレーのにおいがするし、うっすらひげもはえてて、十三歳くらいに見える。のどぼとけのことを〝アダムのりんご〟って言うけど、こいつのはメロンみたいだ。でも動きはにぶいから、すりぬけられるかもな。

試合がはじまって五分たった。ひざをけられて、足は泥だらけで、きついシューズのせいでつま先がズキズキするけど、試合に出られてほんとによかった。

ジャスやレオやスーニャにぼくの活躍を見せたくて、もしきてるなら父さんにも感心してもらいたくて、夢中でボールを追いかけた。こんなに必死になったことって、いままでないかも。ボールにさわるたびに頭の中で実況中継がはじまって、ガンガン頭にひびきわたった。

〈チームのニューフェイス、マシューズ選手がペナルティーエリアにはいりました……グラスミアのディフェンダーをかわし……一人、二人、三人……すばらしいプレーです……〉

オウンゴールで一点入れられて、前半が終わった。ダニエルがキーパーに、「男なら命かけてやれよ」って言って、ライアンが笑った。そんなふうに言わなくたっていいのに。点を入れられたキーパーがどんな気持ちか……。休憩時間にオレンジがくばられた。手がべたべたになったけど、すごくおいしかった。休憩が終わると、後半戦がはじまった。

後半、チャンスはいっぱいあったけど、ダニエルのシュートはポストにはじかれ、ぼくのとなりでライアンがヘディングしたボールは、クロスバーにじゃまされた。時間がたつにつれて、不安な気持ちがどんどんふくらんでいく。そんななか、フレイザーがグラスミアの選手にたおされた。審判の笛が鳴った。

「アンブルサイドのペナルティーキック！」

ダニエルがけろうとしたけど、「おれがやる」ってライアンが言った。ライアンのボールはゴールの右上にはいった。ライアンは手をひろげて観客のほうに走っていった。チームメイトがあとにつづく。でも、ぼくはピッチの反対側にいたから、着いたときにはお祝いムードは終わってた。それで、また走ってポジションにもどったんだ。

グラスミアのキックオフで試合再開だ。足が痛くてつかれきっているけど、一秒もあきらめずに走りつづけた。校長先生はピカピカのくつを泥だらけにして、ピッチの外をいったりきたりしながら、なんかさけんでる。ふらふらの状態で走ってるから、巻き貝を耳にあてたみたいにボワンボワンとしかきこえないけど。審判が腕時計を見てる。もう時間がない。

ボールがころがってきたのは、そのときだ。ぼくはディフェンダーをかわして、ボールをキープしたままペナルティーエリアにはいった。ゴール前までドリブルしていくと、キーパーと一対一だ。頭の中でアナウンサーが実況中継してる。

〈マシューズ選手は、チームに勝利をもたらすのでしょうか?〉

ぼくは、母さんや父さんやジャスやスーニャのことを考えながら、左足で力いっぱいボールをけった。

そのあとはスローモーションみたいだった。キーパーが飛んだ。足が宙にういて、手がのびる。でもボールはその指をこえて、ネットをゆらした。観客が空に手をつきだした。

ぼく……ほんとに、ほんとにゴールしたんだ。夢ならさめないでって思いながら、まばたきも身動きもしないでゴールを見た。

つぎの瞬間、まわりの音がもどってきて、拍手と歓声がきこえた。ぼくのゴールに、みんながよろこんでる。それを見たら、このあいだ図書室でまちがえて借りた本を思い出した。ぼくが生まれてきたのは、奇跡ってほどじゃなくても、奇跡みたいにすごいことなのかも。きっと、ぼくも特別な存在なんだ。

人がいーっぱい集まってきて、ぼくは地面にたおされて、みんながダイブしてきた。もみくちゃにされて窒息寸前で、顔は泥でぐちゃぐちゃだけど、そんなの気にならないくらい最高に幸せな気持ちだ。

そのとき、試合終了の笛が鳴った。

ぼくは立ちあがって、チームメイトを見た。歓声をあげる十人……じゃなくて九人を。ダニエルだけはこっちにこないで、ピッチのまん中につったっていた。勝ったのに、ぜんぜんうれしそうじゃない。

「ジェイミー！　ジェイミー！」

スーニャが指輪にキスしながらさけんでる。ぼくは観客を見まわした。父さんはきてないみたいだ。ぼくが指輪にキスすると、スーニャは手をふって走っていなくなった。おなかの中の風船がポワーンってふくれて、エアマットで水にういてるみたいに、ほっとした気持ちだ。体が急に大きくなって、肩もがっしりしてムキムキになって、スパイダーマンのTシャツがぴったりになった気がするよ。

観客のお母さんやお父さんが自分の子どもに近づいていくのを見たら、一瞬、どうしたらいいかわからなくなった。ほおがピクピクして、口はからからで、くちびるもひびわれてたけど、むりして笑った。「きてくれる？」ってきいたとき、父さんがげっぷしてなにも言わなかったのは、こないって意味だったってわかったけど、いまの幸せな気持ちをじゃまされたくなかったから。

キスしていたジャスとレオが、ぼくに気づいて手をふった。二人のほうに走っていくと、「ウェイン・ルーニーよりすごいよ。チームのヒーローだね」って、ジャスは何度も言ってくれた。レオが手をさしだして、ぼく、今度はカッコよく握手したよ。

「いいプレーだったな。魚にしては」

「まぁ、ハリネズミよりはね」

　そうかえしたら、レオはおとなみたいな愛想笑いじゃなく、心から楽しそうに笑った。くちびると舌につけた銀のピアスをきらきらさせて。

　まわりの人たちが、ジャスのピンクの髪や、レオの緑のツンツンヘア、パンクっぽい白塗りや黒ずくめのかっこうをじろじろ見てきたから、むこうが目をそらすまでにらんでやったら、急に強くなった気がした。グリーンゴブリンにも勝てそうなくらい、勇気がわいてきたよ。

　ジャスが言った。

「先に帰るね」

「じゃあな、ちび」

　そうレオも言って、二人は帰っていった。

　今日は特別な日だから、なにひとつ見のがしたくなくて、しっかり目をあけた。泥でよごれたひざも、風にゆれるゴールネットも、肩を落とすグラスミアの選手も、目にうつるすべてが勝利のあかしだ。空を見あげてほほえんだら、銀のライオンのほえる声がきこえた気がした。

「ジェイミー、よくやった。みごと、決めたな」

校長先生は、ぼくを見るなりだきしめて、髪をくしゃくしゃってしてくれた。それもうれしかったけど、チームメイトからほめられたときは、もっとうれしかった。更衣室にはいったら、「すごいシュートだった」「ジェイミー、最高！」「ジェイミーが黄金の左足だなんて知らなかった」って、みんなに言われたんだ。キーパーは、「最優秀選手はジェイミー」とまで言ってくれた。ぼくのおかげで、〝ヘタレキーパー〟ってよばれないですんだから。ほかのメンバーも、ぼくが最優秀選手だって言ってくれた。でも、ダニエルはフンって鼻を鳴らして、更衣室を出ていった。

ダニエルはそのまま帰ったんだと思ったけど、更衣室の外で待ちぶせしてたらしい。帰り道、ぼくは試合のようすを頭の中で母さんに話してて、「どうしてもいけなかったの」って涙目であやまる母さんに、「気にしないで。つぎの試合のときは休みをもらえるよ」って言ってあげてたから、つけられてるなんて、ぜんぜん気づかなかった。

人通りのない道を半マイルくらい歩いたとき、だれかに背中をたたかれた。ふりむいたら顔をなぐられて、卵をかべにぶつけるとグシャッてつぶれるみたいに、目玉が頭の反対側におしこまれた気がした。あわてて手で頭をかばったら、おなかをけられて、たおれたら、今度は足とひじと胸をけられた。口の中が切れたのか、鉄みたいな血の味がする。

おなかをかばってうつぶせになったら、背中をなぐられた。髪をつかまれて頭をゆさぶられる。道路に血が飛びちった。ダニエルは耳もとでさけんだ。

「ぜんぶ、おまえのせいだ！　校長に目をつけられなきゃ、キャプテンだっておろされなかったのに」

「悪魔事件のこと？　ぼくと関係ないだろ」って言いたかったけど、歯が折れたのか、血だらけの口の中がごろごろして言えなかった。

「バーカ。みんな、おまえがきらいなんだよ。まぐれのゴールでいい気になんな」

だまってきいてたけど、「カレーくさい彼女とロンドンに帰れ」って言われたときは、どうしようもなく頭にきて、立ちあがろうとした。でも、体が動かなくてあきらめた。ダニエルは最後にぼくの指をふみつけて、それから走っていなくなった。

ダニエルのスニーカーがまがり道のむこうに消えるのを、ぼくは道に横たわったまま見ていた。骨がズキズキして頭がガンガンして、体が動かない。目をとじて、息をすることだけ考える。すって、はいて、すって、はいて……いつの間にか、ねむっちゃったみたいだ。目がさめたらあたりは暗くなっていて、クリーム色の月の下、とがった木と山の影だけが見えた。

ぼくはよろよろ家に帰った。いま、何時だろう。きっと夜中だ。父さんは警察をよんだかもしれない。心配しながら帰ったけど、家の前には、パトカーも母さんの車もとまってなかった。
玄関のドアをあけたらジャスと父さんが飛んできて、「心配したんだぞ。こんなおそくまでどこにいたんだ?」って、おこられると思ったのに、家の中はしんとしていた。居間のドアの下から、ぼんやりした明かりがもれてる。痛む体をひきずってドアをあけると、ソファーにすわった父さんが、ひざにアルバムをのせたまま、いねむりしていた。花がらのワンピースにカーディガンをはおって、ぺったんこのくつをはいたローズの写真を、テレビの光がてらした。

ぼくは、父さんをじっと見た。まぶたがぱんぱんにはれたひどいすがたなのに、父さんにはぼくが見えないんだ。すがたを消せるスーパーパワーなんて、ぜんぜんよくないよ。

テレビで、タレントショーのCMがはじまった。音を消したテレビの中で、かがやくような笑顔でおどる子どもたちに、客席の家族が拍手する。画面に電話が出てきて、それはこんな言葉に変わった。

「タレントショーに出て人生を変えよう! お申しこみは××××—×××—××××」

ぼくは暖炉の上のペンをとって、ひりひり痛む手のひらに番号を書きつけた。

10 かくれが

外がまっ暗だから真夜中かと思ったけど、時計を見たらまだ六時半だった。十一月は日がくれるのが早いってわすれてたよ。ぼくはテレビを消して、父さんはそのままにして居間を出た。

自分の部屋にいったら、ロジャーが出窓からとびおりて、〈ぶじでよかった。帰ってきてくれてうれしいよ〉っていうみたいに、あざだらけの足に毛をすりよせてきた。ロジャーが前足で電話をかけて、ひげをアンテナみたいに立てて、「うちのジェイミーが行方不明なんです」って通報するすがたを想像したらおかしくて、でも笑ったら、びっくりするくらい痛かった。

十時二十一分、玄関のドアをそっとあける音がして、ジャスが帰ってきた。こんなおそくに帰ったなんて、父さんにバレませんように。でもすぐに、ドタドタっていう足音がして、酔っぱらった父さんの声がした。ぼくは毛布をかぶってハミングして、父さんのどなり声がきこえないようにした。

「こんな時間まで、なにしてたんだ？」

「ともだちといたの」

「ほんとに、ともだちといたのか」

「そうだって言ってるじゃん」ってジャスは言ったけど、ぜったいうそだな。彼氏ができて、しかも緑の髪の男だなんてわかったらおこられそうだから、言いたくない気持ちもわかるけど。

「なんで電話しなかったんだ？」

「だって……」

言いたいことはなんとなくわかったけど、ジャスは口をつぐんでから、こう言った。

「つぎは電話するから」

「つぎ？　つぎなんてないぞ」

「は？　どういう意味？」

「今日から外出禁止だ」

父さんは何か月も夕食をつくってないし、学校のようすをききさえしないのに、急に父親ぶって「外出禁止だ」だって！　ふきだしそうになったけど、笑うと痛いからがまんした。

ジャスも笑いそうになって、父さんがそれに気づいて言った。

「まじめな話をしてるんだ。ふざけるんじゃない」

「外出禁止なんて、父さんにそんな権利ないよ」

「自分の行動に責任をもてない子どもは、そうなって当然だ」

「父さんのほうが子どもじゃない」

「くだらないこと言うのもいいかげんにしろ」

ロジャーは、ぼくのとなりでまるくなっている。ふわふわで、湯たんぽみたいにぽかぽかだ。ロジャーの耳もとで「ジャスの言うとおりだよ」ってつぶやいたら、ロジャーはゴロゴロのどを鳴らした。ひげがくちびるにあたってチクチクする。ジャスはだまったままだ。しーんとした部屋が、けっして言えないあの言葉でいっぱいになる。

ルークとなかよくしてたとき、手がかぎづめの殺人鬼が出てくる古いホラー映画を観た。鏡の前で五回名前をよぶと、殺人鬼のキャンディマンが出てくるっていうから、歯をみがいてるときとかに、「キャンディマン、キャンディマン、キャンディマン、キャンディマンキャンディ……」って言ってみたけど、ほんとに出てきたらこまるから、最後までは言わなかった。「お酒ばっか飲んで、一つも父親らしいことしてない」って、ジャスがいま、言えないみたいに。父さんが一日じゅうお酒を飲んでることは、ジャスと二人でいるときも話題にしないし、もちろん父さんに言ったこともない。もし言ったら、たいへんなことがおきそうだから。でもいま、ぼくははじめて、〈ジャス、言っちゃえ〉って思ったんだ。

ロジャーは暑くなったのか、ベッドから出ていった。教会から十一時の鐘がきこえて、なぜかノートルダムの鐘つき男の話が頭にうかんだ。そのうちに鐘が鳴りおわって、しーんとなった。下くちびるをかんだら、歯が一本なくなっていた。ダニエルになぐられたとき、最後の乳歯がとれたんだ……。

そんなことを考えてると、足音が近づいてきた。やっぱり言わなかったか……って、ほっとするような、がっかりするような気持ちでいたら、ドアがあいてジャスがはいってきた。ジャスはバッグを床に投げだすと、ベッドにすわって泣きだした。涙で化粧が落ちて、顔に黒いすじがついた。ぼくは、骨ばった背中に手をまわしてだきしめた。ジャスがつぶやく。

「もう限界」

母さんも出ていくまえ、おなじことを言ってたって思ったら、気分がわるくなってきた。このあいだ海に遺灰をまきにいったとき、女の子とお父さんが凧あげをしてたけど、凧は風にひっぱられて、糸がねじれて切れそうで、空のむこうに飛んでっちゃいそうだった。ジャスが凧みたいにどっかいっちゃったら、ぼく……。

ぼくはジャスの手をとると、指をからめながらぎゅっとにぎった。

「ジャス、泣かないで。ぼくたちで、こんな生活終わらせようよ」

「どうやって？」

「まかせて。いい考えがあるんだ」

「タレントショーに出れば、人生を変えられる」って言おうとしたら、ジャスは突然、バッグをあけてスプレー缶をとりだした。

「ジェイミー、これつかいなよ。そのTシャツ、ぬぎたくないんでしょ？」

ジャスがくれたのは消臭スプレーだった。試合のとき、おとなみたいに消臭スプレーのにおいをぷんぷんさせたグラスミアの選手がいたなって思いながら、ぼくは体じゅうにスプレーを吹きつけてから、「どう？」ってきいた。

「さっきはマジでくさかったけど、だいぶよくなった」

ジャスはちょっとだけ、にっこりした。


つぎの朝、教室にはいってきたファーマー先生は、かべのかざりのところにいって、サッカーチームの選手の天使を一つ先にすすめた。ダニエルの天使はリサイクルボックスに入れちゃったから、先生はふせんにダニエルって書いて、いちばん下の雲にはりつけた。スーニャがさっきから、ちらちらこっちを見てる。でもスーニャと話したら、ダニエルになにされるかわからない。

「ジェイミーは決勝点を入れたから」って、ぼくの天使はスタート地点から三番目の雲まで移動させて、先生は言った。

「選手は立って」

ぼくたちが立つと、みんなが拍手した。

「あなたたちの天使は、天国にちかづきました」

先生はそう言いながら、目のまわりがはれて、青あざになったぼくの顔を見て、〈なにがあったの?〉って顔をした。でも首をふっただけで、結局なにも言わなかった。

朝食のとき、「その顔、どうしたの?」って、ジャスにきかれた。ダニエルにやられたって言いたかったけど、ジャスはまだ悲しそうだったから心配させたくなくて、「試合でひじうちをくらっただけ」って言っといた。父さんはけわしい顔でラジオをきいていて、試合の結果もきいてくれなかった。パソコンを見ていたジャスは顔をあげると、「ぐあいがわるいから、学校は休む」って言って、ベッドにもどった。居間を出るまえ、パソコンの画面が見えた。〝今日の運勢　ふた子座――思いがけないことがおきるでしょう〟ずる休みの理由は、ぜったいこれだな。

「あんなすごいゴール、テレビでも見たことない」

「スパイダーマンならできるって思ってた」

スーニャはそんなことを、地理の授業中言いつづけた。でも、体は痛いし、みじめで情けなくて、体がちぢんでTシャツのそでがだぼだぼになった気がするし、「スパイダーマンみたい」なんて言われても、そんなふうに思えないよ。

「校長先生、つぎの試合は、ジェイミーをキャプテンにするんじゃない？」

ぼくは、だんだん腹が立ってきた。

「うるさい」

「え？」

「うるさいって言ったんだよ。サッカーのこと知らないくせに」

スーニャは目をまるくして、それからほそめた。そして、とがった鉛筆で線を描いたみたいに、きゅっとくちびるをむすんだ。

英語の時間も、スーニャは話しかけてこなかった。集会で校長先生が、「きのうの試合の最優秀選手はジェイミーです」って発表したときも、拍手してくれなかった。まぁ、そのときは自分がドミニクになったみたいで、あまりうれしくなかったからべつにいいけど。ドミニクは、ロンドンにいたときのクラスメイトだけど、障がいがあって、だから、なにをしても「すごいね」って言われるんだ。大きなへたっぴな字で自分の名前を書いただけで、本でも書いたみたいにほめられてたよ。ぼくが最優秀選手にえらばれたのも、サッカーなんてできそうにない赤毛の変人転校生だからかもな。

いつもは、休み時間はスーニャとベンチでおしゃべりするんだけど、今日はおこってたし、こないかも。そう思いながらいってみると、スーニャはつんつんした顔で、足で地面をトントンたたきながらベンチにすわっていた。瞳とおなじ、こげ茶色のヒジャーブからツヤツヤした髪がはみだして、風になびいてる。スーニャは言った。

「あなたのことは無視するから」

「って話してるじゃん」

「今日はもう話さないって、言っといてあげたほうがいいと思っただけ」

「スーニャ、ごめん」

「ちゃんと反省してよ」

「あれ？　もう話さないんじゃなかった？」

スーニャが軽くたたいてきて、足のけがにふれた。

「痛っ！」

ぼくはとっさに、ももをかばった。スーニャは、ぼくの足と目と手の傷を見て、口をぽかんとあけて、いきなり立ちあがった。

「ちょっときて」

スーニャの背中でヒジャーブがゆれる。スーニャはブレスレットを鳴らしながら、斜面をおりていった。どこいくんだろうって思いながらついていくと、そこは校舎の裏で、緑のかべの倉庫があった。

「これ、なんの建物？」

スーニャは答えないで、だれも見てないことをたしかめてから、かべとおなじ緑色のドアをあけた。ぼくは中にはいった。何回かまばたきするうちに、目が暗闇になれてくる。泥でよごれてクモの巣だらけの、ほこりっぽい場所のにおい。スーニャはドアをしめて、大きなボールの上にすわった。

「ダニエルたち、ときどきわたしのこと、カレー菌ってよぶでしょ？　そんなときは、この体育倉庫にくるの」

なんて言っていいかわからなくて、そばにあったテニスボールをひろって床に落とす。バウンドしたボールをキャッチして、スーニャが言った。

「なにがあったの？」

「べつに」って笑ったけど、うそっぽい気がして笑うのをやめたら、スーニャが小さな声で言った。

「その顔、どうしたの?」

顔が熱くなって、傷がズキズキ痛みだす。ダニエルがやったってうちあけたいけど、カッコわるいって思われるかも。それで、まよってたら、昼休みの監督のおばさんの笛が鳴った。教室にもどらなきゃ……。ぼくはドアを見た。

スーニャがぼくの手をつかんだ。褐色の手と白い手がかさなって、きれいだなって思ったら、スーニャが立ちあがった。こんな近くでスーニャの顔を見るのは、はじめてだ。くちびるのはしに、いままで気づかなかった小さなしみがあるのに気づいた。スーニャは手をはなして、ぼくのTシャツの右そでにふれた。「やめろよ!」って言ったけど、スーニャは傷にさわらないように、ゆっくり、そっとそでをまくった。そして、ひじの上のあざを見て、きらきらした目に涙をうかべた。

「ダニエルがやったんでしょ」

ぼくはうなずいた。

笛がまた鳴った。もうもどらないと。ぼくたちはこそこそ倉庫を出て斜面をのぼると、みんなといっしょに校舎にもどった。

スーニャは、歴史と理科の時間、ずっとダニエルをにらんでいた。スーニャがダニエルをおこらせるようなことを言わなきゃいいけど。そんなことになったら、またなぐられそう。でも、スーニャもそれはわかってるみたいで、なにも言わなかった。

昼休みには、また体育倉庫にいった。ここはぼくたちの秘密の場所だ。しずかで涼しくて、くるとほっとする。ぼくはマットにすわってサンドイッチを食べながら、ダニエルがなにをしたか話した。スーニャはくちびるをかんだり、首をふったり、「ひどい！」って言ったりしながらきいたあとで、「復讐しなきゃ」って言いだした。

「やめてよ。もういいんだ」

「でも、バカって言われて、しかもこんなになぐられて、このままでいいの？」

先生に言えってこと？　そんなことしたら、もっとひどい目にあうよ。それはスーニャも思ったみたいで、「兄さんをつれてきて、ぶっとばしてもらう？」って言った。スーニャの兄さんにけりを入れられたダニエルを想像するのは気分いいけど、だれかに仕返ししてほしいわけじゃない。自分で立ちむかう勇気が、ぼくにあればいいんだけど……。

そんなことを考えながら、パンの耳をかじってると、スーニャがぼくのTシャツを見てるのに気づいた。スーニャがTシャツにふれる。なんでいつもこれを着てるのか、まだ気になってるみたいだ。いまなら、話せるかも。父さんがお酒をやめられないことも、母さんが不倫して、家を出てっちゃったことも。

ぼくは、ほとんどぜんぶ、スーニャに話した。スーニャはうなずきながら、だまってきいていた。

「毎朝、お酒の空きびんをごみ箱で見るたびに、またかって思って。……母さんはいま、ナイジェルと住んでるんだ。……誕生日に母さんのプレゼントはこなくて、ぼくの誕生日をわすれちゃったのかと思ってたら、二日おくれでとどいたんだよ。カードには、こう書いてあって――」

〝またすぐ会えるのを楽しみにしてるわ。そのときはこのTシャツを着てきてね〟

そう足もとの砂に書いて、「だから、きっともうすぐ会える」って言ったら、「うん、そうだよ」って、スーニャも言ってくれた。

ドアのまわりからもれる光を見ながら、ぼくは言った。

「このTシャツ、母さんに会うまで、ぬがないって決めてるんだ」

スーニャは「そっか」って言ったあと、つづけてなんか言った。ぼくはスーニャの顔を見た。

「え？　いま、なんて言ったの？」

スーニャはほほえんで、ぼくもにこっとして、ぼくたちの手がかさなった。花火に火がついたみたいに、手から腕にビビッときた。ふりだした雨が屋根をたたく音をかきけすように、心臓の音がドックドックってひびく。くちびるのはしのしみが見たくて顔を近づけると、スーニャがふだんよりすこし高い声でくりかえした。

「ゲンかつぎね」

顔をもうすこし近づけたら、スーニャの息が顔にかかった。ヒジャーブからはみでたツヤツヤした髪に、ぼくの鼻がくっつきそうになる。スーニャがまたささやいた。

「ゲンかつぎ、してるんでしょ」

「ゲン……？」

「ゲンかつぎ。サッカー選手がゴールを決めると、またゴールできるように、試合のたびにおなじものを着たりするの。汗くさいパンツとか……」って言いながら、スーニャは笑いだした。笑うと、しみはほっぺにかくれる。

ぼくもスーニャといっしょに笑った。でも、急にスーニャの顔がすごく近く感じて、きまりわるくなって立ちあがった。ぼくは、倉庫のすみにころがってたボールをけった。スーニャが言った。

「ねぇ、ジェイミーのお姉さんって、どんな人？」

「髪がピンク」

強くけりすぎて、ボールはドアにバンッってあたった。

「ううん、そっちじゃなくて、もう一人のほう」

ローズは五年まえに死んで、殺したのはスーニャとおなじイスラム教徒で……なんて言えないよ。でも、うそをつくのもなぁ。テロで死んだんじゃなくて、おぼれたり、火事で死んだりしたんだったらよかったのに……だなんて、なんてこと考えてるんだ!?

とんでもないことを考えてる自分がおかしくて、おもわず吹きだしてしまった。スーニャもぼくにつられて笑って、なんだかますますおかしくなって、二人とも笑いがとまらなくなった。ぼくはげらげら笑いながら、つい、そのいきおいで言ってしまった。

「ローズは、イスラム教徒に殺されちゃったんだ」

スーニャはそのとき、みんなみたいに悲しい顔をしたり、おどろいたり、「それは……悲しいね」だなんて、言ったりしなかった。「笑っちゃいけないってわかってるけど……」って言いながら、おなかをかかえて、褐色のほおに涙をこぼして笑いつづけた。そんなスーニャにつられて、ぼくもこの五年ではじめて、涙が出そうになるまで笑った。

「ローズの死がほんとうに理解できたら、泣けるようになるでしょう」って、カウンセラーの先生は言ってたけど、ぼくはいま、ローズの死を理解したってことかな? でも、笑い泣きするのは、悲しくて泣くのとはちがうんだろうな。

11 スーニャの家

封筒ののりの味って、ぼくはけっこう好きで、五回もなめちゃったよ。この手紙がナイジェルの家について、母さんが、ぼくのつぼでのりづけした封筒をあけるって思うと、うれしくなる。

このあいだ、学校でファーマー先生が言ってた。「これは十二月の保護者会の案内よ。来年、中学にあがるまえに、おうちの方とお話しできる最後のチャンスだから、ひきずってでもつれてらっしゃい」って。だから、父さんと母さんにあげられるように二枚とって、母さんには、きれいな筆記体でこう書いた――十二月十三日三時十五分に、アンブルサイド英国国教会学校にきてね。PS　ナイジェルはつれてこないで！

それから、〝母さんからもらったTシャツを着ていくね〟って書こうとして、やっぱりなにも言わずに着ていって、びっくりさせようと思って、書くのはやめた。ぼくと金魚の絵もスケッチブックからやぶって、ていねいに折って封筒に入れた。きっと気にいるよ。

ぼくはわくわくしながら、ポストに手紙を入れた。保護者会まで二週間もあるから、母さんも休みがとれるんじゃないかな。「学校はだいじよ」って、いつも言ってたし、保護者会にはぜったいきたがるよ。母さんは、「いい成績をとれば、将来の可能性がひろがるのよ。いまがんばれば、あとでぜったい役に立つから」とも言ってた。「優秀なお子さんです」って、母さんの前で先生にほめてもらえるように、がんばろっと。

ぼくはポストのそばのへいにすわって、スーニャを待つことにした。

今朝、父さんに「今日、どこかいくか？　予定がなかったら」って言われたときは、びっくりしすぎて、チョコクリスピーをのどにつまらせるとこだったよ。ぼくはゲホゲホせきをしながら、「ともだちの家に遊びにいくんだ」って答えた。父さんは、「そうか」って、ざんねんそうに言った。せっかくさそってくれたのに悪かったかな……ていうか、父さんには言ってないけど、これからイスラム教徒の家に遊びにいくっていう、父さんに対してものすごく悪いことするんだけどね。

「釣りにつれてってやろうかと思ったんだけど」

父さんの言葉にジャスもびっくりして、飲みかけていた熱い紅茶をゴクッと飲みこんでしまった。ぼくが「ごめん」ってあやまると、父さんは言った。

「気にするな。五時までには帰ってくるんだぞ。夕食をつくっとくから」

ジャスは呆然としながら、やけどした舌をさまそうと手であおいだ。

ジャスとけんかしたあと、父さんは反省したみたいで、まえよりぼくたちのめんどうをみるようになった。あいかわらずお酒は飲んでるけど、朝から飲まなくなったし、今月は四回も学校まで車で送ってくれた。それに、「学校はどうだ?」って、きいてくれるようになった。ときどき話をきいてなかったりもするけど、それでも父さんに話せるのはうれしいし、「ぼくの決勝点で、チームが首位に立ったんだよ」って言ったときは、「試合に出るって、なんで言わなかったんだ? 父さんも応援にいきたかったよ」って言ってくれた。〈ちゃんと話したじゃん!〉って、ちょっと思ったけどね。ジャスもそう思ったみたいで、首をふってぼくにウインクして、マニキュアをぬったばかりの黒いつめに息を吹きかけた。

〃タレントショーで人生を変えよう〃作戦は、うまくいくかわからないから、父さんが自分で変わってくれてよかった。

「テレビ局に電話して、オーディションの案内を送ってもらうようにたのんだんだ」ってジャスにつたえたら、「マジでむりだから」って言われた。「特技もないのに、タレントショーに出てどうするの?」って。

「ジャスはうたえば。うまいんだし」

「わたしより、ローズのほうがうまかったよ」

ジャスはみとめないけど、ジャスのほうがずーーーっとじょうずなのに。

タレントショーの案内がとどいたとき、ぼくはジャスの部屋まで見せにいった。

「オーディションは一月五日だよ。うちからいちばん近い会場は、マンチェスター・パレスシアター」

「またその話？」

「でも、これに出れば人生が変わるんだよ」ってねばったけど、「うざい。出てって」だってさ。


そんなことを考えてると、丘をかけおりてくるスーニャが見えた。スーニャは、まだぼくに気づいてない。ヒジャーブがサーッて風になびいて、空飛ぶスーパーヒーローみたいだ。

金曜の算数の授業中、「ヒジャーブをぬいだことある？」ってきいたら、スーニャは、なに言ってんのって顔して笑った。

「家の中や、家族しかいないときは、ふつうにぬぐよ」

「じゃあ、なんで外ではつけるの？」

なのかも。


「コーランに書いてあるから」

「コーラン?」

「イスラム教の聖書みたいなものよ」

イスラム教にも、聖書みたいな本があるんだ……。イスラム教もキリスト教も、おなじように神さまがいて、たいせつな本があって、それにべつの名前がついてるってだけのちがいなのかも。


スーニャはポストの前までくると、ぼくの腕をつかみながらUターンして走りだした。スーニャはずっとしゃべってたけど、ぼくは、これからイスラム教徒の家にいくって思うと、不安でたまらなかった。イスラム教徒の家はカレーくさいって、父さんが言ってたのはほんとかな? 知らない言葉で話しかけてきたり、お祈りしてたり、もし寝室で爆弾を見つけちゃったらどうしよう。イスラム教徒はみんな、家で爆弾をつくってるって、父さんは言うんだ。スーニャのお父さんはちがうと思うけど、でも、親切そうな人もターバンの下に爆弾をかくしてるって、言ってたし。

玄関のドアをあけると、たれ耳で黒いブチのある白い犬がスーニャにとびついた。短いしっぽをぶんぶんふって、しめった鼻をおしつけてくる。「サミーよ」ってスーニャが教えてくれた。イスラム教徒のペットっていうより、イギリス人が飼うふつうの犬みたいだな。
家の中も、うちみたいにふつうだった。居間には、クリーム色のソファーやすてきな敷物があって、でも、うちみたいに暖炉の上に遺灰の壺はなくて、写真とか、ろうそくとか、花びんとか、ふつうのものがかざられてる。イスラム教っぽいのは、尖塔や丸屋根の建物がならんでる不思議な場所の写真だけだ。「イスラム教の聖地よ。メッカっていうの」って、スーニャが教えてくれた。ロンドンに住んでたとき、家の近くにあったビンゴホールの名前もメッカだったけど、あっちはぜんぜん聖地っぽくないって思ったらおかしくて、笑っちゃった。

　スパイスのにおいがしたり、大きなお皿におかしな野菜がのってたり、台所はぜったいイスラムっぽいって思ったのに、そんなこともなかった。ぼくの家みたいにチョコクリスピーがあって、でもお酒はないし、ごみ箱も酒くさくないし、こっちのほうがいいかも。

　スーニャのお母さんが、〝くるくるストロー〟をさしたチョコミルクシェイクをくれた。スーニャのお母さんは、青いヒジャーブをつけている。スーニャとおなじきらきらした目をしてるけど、スーニャより肌の色がうすくて、性格はもっとおっとりしてて、まじめそうだ。スーニャは目を見ひらいたりほそめたり、一分間に十回くらい表情が変わる。興奮して話すとまゆが動いて、笑うと、くちびるのはしのしみがほっぺにかくれる。スーニャのお母さんはものしずかで、親切で、かしこそうな人だ。スーニャよりなまりが強くて、ぼくの名前を言っても、ちがう名前にきこえる。テロリストと結婚するタイプには見えないけど、でも、人は見かけによらないって言うから……。

　ぼくたちは、スーニャの部屋でシェイクを飲んだ。ベッドからとびおりて、どっちが長く宙にういてられるか競争したあとだったから、のどがからからだった。ぼくはスパイダーマンみたいに、できるだけ長く天井をさわろうとして、スパイダーガールのスーニャはヒジャーブをはためかせて、腕をばたばたさせてカーペットに着地して、二人ともおなじくらいがんばったから引きわけにした。

　スーニャの髪が、ピンクのヒジャーブからはみだしてる。こんなにたくさん見えたのははじめてだ。女の人が髪をサーッてなびかせるシャンプーのＣＭみたいだけど、スーニャの髪はふさふさして、ツヤツヤしてて、もっときれいだった。

「きれいな髪なのに、なんで見せちゃいけないんだろうね」

　スーニャは、ちょっとだけ残ってたシェイクをズッとすった。

「きれいだから、見せちゃいけないの」

　よくないからじゃなく、きれいだからかくすってこと？　ストローを吹いてシェイクをブクブクさせながら考えてると、スーニャはコップを床において言った。

「母さんも、父さんにだけ髪(かみ)を見せるの。ほかの男の人に見せないほうが、特別な感じがするでしょ」

「プレゼントをあげるとき、つつむみたいに?」

「うん、そう」

　母さんの髪(かみ)も、ナイジェルじゃなく、父さんにだけ見せてほしかったって思いながら、

「そっかぁ」って、ぼくは言った。

　スーニャがほほえんで、ぼくもにこっとして、スーニャの手にさわりたいなって思ってると、お母さんがサンドイッチをはこんできた。三角に切ったサンドイッチには、チーズとターキーがはさんである。

　そのとき、ヒジャーブって、音楽を流しながら輪になってプレゼントをまわして、音楽がとまったときに持ってる人がプレゼントをあげるゲームみたいって思った。ぼくは、いつもあたらないから、そのゲームがいやだったけど、ヒジャーブの下にもきらきらしたすてきなものがあって、ぼくが中を見るまえに、だれかにとりあげられてしまう……。そんな気がして、急に食欲(しょくよく)がなくなった。

　スーニャがサンドイッチをほおばりながら言った。

「ほーふはひなふてはびひ?」

きょとんとしてたら、スーニャは飲みこんでから言いなおした。

「ローズがいなくてさびしい？」

九日まえ、体育倉庫でうちあけてから、ローズの話はしていない。いつもみたいにうなずいて、「さびしいよ」って言おうとして、でも、そのとき、「さびしいでしょ」とか「さびしいよね」とはよく言われるけど、「さびしい？」ってきかれたことは一度もないって気づいた。それで、うなずくのはやめて、「ううん」って言った。

こんなことを口に出したら、世界が終わるかと思ったけど、そんなことはなかった。スーニャもべつにショックを受けてないから、ぼくはにっこりして言った。

「そんなことないよ！」

そしたら勇気が出てきて、まわりを見まわして、また言った。

「ぼく、ぜんぜんさびしくないんだ」

「そうだよね。わたしも、飼ってたウサギが死んじゃったけど、いまはさびしくないし」

「いつ死んじゃったの？」

「二年まえ。パッチはキツネにおそわれたの」

「さっきのサミーは何歳だっけ？」

「二歳。パッチが死んだって知ったら、わたしが悲しむと思って、父さんが買ってきたの」

そんなやさしいお父さんなら、やっぱテロリストじゃないかも。トイレにいくとき寝室の前を通ったけど、爆弾なんてなさそうだったし。

ぼくたちは庭に出て、木にのぼった。風が吹くたびに、ぼくたちのすわってる枝がゆれる。落ち葉が庭をぐるぐるまわって、雲は空で追いかけっこをしている。車にのった犬が窓から顔を出して新鮮な空気をあじわうように、大地ものびのび風を楽しんでるみたいだ。ぼくは言った。

「スーニャのお父さんは、イギリス人なの?」

「生まれたのはバングラデシュよ」

「バングラデシュって、どこにあるの?」

「インドの近く」

ぼくがいままでいったなかでいちばん遠かったのは、スペインのコスタ・デル・ソルだけど、外国って感じはあまりしなかった。イギリス式の朝食を出してくれるカフェがあって、二週間、毎日、ケチャップをかけたソーセージが食べられたし、すっごく暑いイギリスにいるみたいだった。バングラデシュなんて、ぜんぜん想像できないや。ぼくはきいてみた。

「そこ、どんなとこ?」

「わたしもいったことないけど、父さんはイギリスのほうがいいって」

「お父さんは、なんでイギリスにきたの？」

「おじいちゃんにつれられて。おじいちゃんは一九七四年に、仕事をさがしにきたんだって」

「こんな遠くに？　バングラデシュに仕事を紹介してくれるとこはないの？」って言ったら、スーニャはけらけら笑って、それを見たら突然、スーニャのことをもっとみんな知りたくなった。ききたいことで頭がいっぱいになって、ぼくは言った。

「じゃあ、なんで湖水地方に住むようになったの？」

足をぶらぶらさせながら、スーニャは答えた。

「父さんが医学部にいくって決めたとき、おじいちゃんが、ロンドンはだめだって言ったの。『誘惑が多くて、勉強に集中できない』って。それで父さんは、ランカスター大学にはいって、母さんと結婚して、ここにきたのよ。父さんと母さんは出会ったとき、ひと目ぼれしたんだって」

スーニャは足を動かすのをやめて、こっちを見た。その瞬間、理科で習った〝蒸発〟みたいに、ききたかったことはぜんぶ頭から消えた。ぼくはつぶやいた。

「ひと目ぼれか……」

スーニャはうなずくと、にっこり笑って枝からとびおりた。

家には五時まえに着いた。玄関のドアをあけたとたん、ロジャーが待ってたみたいに外にとびだしていった。けむい廊下を通って台所にいくと、ろうそくと食器をならべたテーブルの前に、毛先をおしゃれにはねさせたジャスがにこにこしながらすわっていた。父さんが言った。

「カリカリだけどいいか?」

父さんはローストチキンをつくっていた。ちょっとこげてるけど、でも、父さんが料理するなんてすごいよ。

つけあわせのポテトは脂っぽくて、グレービーソースは塩からくて、野菜はゆですぎだったけど、ジャスが食べない分、ぼくは残さないでぜんぶ食べたよ。型にくっついたヨークシャープディングだって、もしはがせたら、ぜったいぜんぶ食べたし。こんな家族らしい夕食、ひさしぶりって思ってると、「ジェイミーに彼女ができたって知ってるか」って、父さんが言いだした。ジャスが息をのむ。

「うっそー!」

ぼくはおなかがきゅってなって、顔がまっ赤になった。ジャスが笑いながら言った。

「消臭スプレーつけたから? それでモテたんじゃない? あー、ぜったいそうだ」

父さんがジャスにウインクする。

「ソーニャっていうんだ。すっごくいい子だぞ。いい感じだったよなー」

「父さん、やめてよー」

ほんとはうれしいけど、ふざけておこった声を出した。そのとき、ジャスがせきばらいした。ついにきたかって、サミーみたいにチキンの骨をしゃぶりながら待ってると、ジャスが言った。

「ちょうどいい機会だから報告するね」

父さんがフォークを落とした。ジャスは気にしないで、つづけた。

「彼氏ができたんだ」

父さんはだまって、テーブルを見てる。ジャスは、残ったにんじんをこまかく切りながら、父さんがなにか言うのを待った。ぼくは指にグレービーソースをつけてなめた。父さんは、テーブルを見つめたまま言った。

「そうか」

「そう」って、ジャスもふだんより高い声で言った。父さんがため息をつきながら、「そうか」ってくりかえす。仲間はずれになった気がして、ぼくも「そう」って言ったけど、だれもきいてなかったと思う。ジャスが急に立ちあがって、父さんをだきしめたから。ジャスと父さんがだきあうのなんて、はじめて見たよ。顔をまっ赤にしたジャスはすっごく幸せそうなのに、父さんはかたい表情で、なぜか悲しそうだった。

ジャスがお皿を洗いながら、うたってる。食器をふいていたぼくは、手をとめてジャスの顔を見た。

「ほんと、きれいな声」

「くだらないタレントショーなんか出ないからね」

「うん、わかってる」

「ねぇ、ソーニャって、どんな子?」

髪と目がきらきらして、笑うと、くちびるのはしのしみがほっぺにかくれて、褐色の指がきれいで……って、いっぱい頭にうかんで、「かわいいよ」って、すぐ言った。そしたらジャスは、「オエエエ」って、洗いおけにはくまねをした。ぼくは、ふきんでジャスをたたいてやった。

二人でげらげら笑ってたら、なべをしまいに台所にはいってきた父さんに、「台所でふざけたらあぶないだろ」ってしかられた。そんなふうにしてるぼくたちは、ふつうの家族みたいで、母さんがいなくてもだいじょうぶって、はじめて思えた。

窓の外で、満足そうにのどをゴロゴロ鳴らす音がきこえた気がした。銀のライオンがぼくたちを見てるって思ったけど、散歩中のロジャーだったのかもね。

12 ひとりぼっちの魚

ぼくは、ねむれなくて外に出た。空は雲ひとつなくて、星でいっぱいだ。ロジャーがついてきて、ぼくのひざにのった。まんまるの月を見て、「お皿にミルクを入れたみたいだね」って言ったら、ロジャーもりこうそうな緑の目で空を見つめた。ロジャーがきてくれてよかったって思いながら、あたたかな毛の中に指をうずめる。小さな心臓が、ぼくのひざの上でドクドクいってる。

だれもいない夜の庭はひんやりして、スーニャとの秘密の体育倉庫を思い出した。いまごろスーニャは、おととい遊びにいったときベッドにあった、青い布団にくるまって寝てるのかな。ぼく、またスーニャのこと考えてるよ……って思って、首をふって三回まばたきして池を見た。

聖書に出てくる、モーセっていうへんなおじさんは、神さまに石板をもらって、そこには「あなたの父母を敬え」ってきざまれてたんだって。父さんはいい父親になろうとしてるのに、ぼくは聖書にさからって、父さんにかくれてスーニャとなかよくしていいのかな……。

　今日、学校でファーマー先生が、「山にのぼったモーセは、神さまから、十戒がきざまれた石板をもらったの。十戒は、人間がまもらなきゃいけない十の掟よ。十戒をまもらないと天国にいけないのよ」って言ったんだ。天国なんて、天使がそこらじゅうでうたっててうるさそうだし、「ぼくが死んだらサングラスもいっしょにうめて」って言いたいくらい、光にあふれてまぶしそうだし、べつに興味ないしって思って、ちゃんときいてなかったら、先生が言った。

「十戒、その五……これはとってもたいせつよ。あなたの父母を敬え」

　イスラム教徒の家でサンドイッチをごちそうになったって、父さんが知ったら、ぜったいいやがるだろうな。ってことは、ぼく、十戒をやぶったんだ……。そんなことを考えてたら、ブレスレットを鳴らしながら、スーニャがさっと手をあげて、先生がなにも言わないうちに話しだした。

「十戒をやぶったら、どうなるんですか？」

「質問はあとにして」って先生は言ったけど、スーニャは目を見ひらいてつづけた。

「悪魔のいる地獄に落ちるんですか？」

先生は、まっ青になって腕組みした。スーニャは、かべの天使のかざりを見て、それからダニエルを見た。ダニエルは、〈悪魔事件を蒸しかえすなよ〉っていうみたいに、にらんでる。スーニャはこめかみをかきながら、かわいらしくきいた。

「悪魔って、どんなすがたをしてるんですか?」

みんなが笑いだした。ダニエルはまっ赤になって、〈急に、なに言いだすんだよ!?〉っていう顔をした。スーニャはまじめな顔で、目をぱっちりあけて、先生が答えるのを待った。

先生は、チーズがけずり器の穴からうすーく出てくるみたいに、くいしばった歯のあいだからしぼりだすような声で言った。

「スーニャ、そのくらいにして。つぎにすすみましょう」

スーニャがウインクしてきて、ぼくもウインクをかえしたけど、胸がざわざわした。神さまは〝あなたの父母を敬え〟って言ってるのに、ぼくは、がんばってる父さんの気持ちを無視して、スーニャにウインクなんかして……。ぼくの天使がぜんぶの雲を通って、いちばん上の天国までいっても、そんなのどうでもいいや。天国がほんとにあっても、十戒をやぶったぼくは、ぜったいそこにはいけないから。

そんなことを考えてたら、なぜかローズのことを思い出した。ローズの魂が天国にいるかわからないけど、もしそこにいたら、ばらばらの体で白い雲の上で、家族もともだちもいなくて、ひとりぼっちでいるんだな。そう思うと、なんだか気分がわるくなった。ローズのさびしそうなすがたが、一日じゅう頭からはなれなくて、それでねむれなくなっちゃったんだ。

しげみで、ガサガサッて音がした。ロジャーがひざからとびおりて、草むらをはうようにすすんで暗闇に消えていった。池をのぞきこんで銀色の水に目をこらすと、ぼくの金魚はひとりぼっちでスイレンの葉の下にいた。指でそっとさわったら、えさを食べようとするみたいにかじってきた。この子の父さんと母さんは、どこにいるんだろう。川か海にいるのかな？　それか、この池は魚の天国で、この子だけが死んでここにいたりして……。そんなのありえないってわかってても、かわいそうで、〈ぼくはずっと、きみのともだちだよ。ひと晩じゅう、そばにいるからね〉って思ってると、突然、かん高い鳴き声がした。

目をぎゅっととじて、手を耳にあてても鳴き声はきこえる。じっとしてると、ロジャーがぼくのひじをぐいぐいおして、ひざの上になにかのせてきた。人の顔に食べものがついてたり、大きなあざがあったりして、じろじろ見ちゃいけないってわかってても、つい見ちゃうみたいに、いまも見たくないのに目をあけてしまった。

それは、死んだ赤ちゃんウサギだった。ちっちゃくてふわふわで、きれいな耳をしてる。

鼻にさわろうとしたけど、ひげのあたりで手が感電したみたいにビクッてなって、何度手をのばしても、どうしてもさわれない。でも、このままにしておけないから、二本の枝でおはしみたいに耳をつまんで、しげみのそばにはこんで、草や葉っぱでおおった。ロジャーが、〈ぼくがつかまえたんだよ〉っていうみたいにゴロゴロのどを鳴らした。

ぼくはしゃがんでロジャーの目を見て、〝殺してはならない〟っていう十戒を教えようとした。でも、ロジャーはわかんないみたいで、満足そうにしっぽをぴんと立てて、もっとゴロゴロのどを鳴らした。ぼくは頭にきて、家の中にはいると、ロジャーの目の前で部屋のドアをしめて、ベッドにはいった。

そのあと、はじめて、ローズの夢を見た。

つぎの日、ファーマー先生は、ぼくの机のまん前のかべに十戒を書いた紙をはった。かべに父さんの目がついて、ちゃんと十戒をまもってるか見はってるみたいだ。

算数の授業中、スーニャは何度も、「今日のジェイミー、へんだよ」「なんかあった？」ってきいてきた。スーニャを見るたびにローズのことを考えてしまうけど、「なんでもない」って言いつづけた。スーニャはとうとう、あきらめて言った。

「ならいいけど。ダニエルにどうやって復讐するか、考えた？」

スーニャが、「ダニエルをぶっとばして」ってお兄さんにたのんだら、「十歳の子どもはなぐれない」って、ことわられたんだって。「仕返ししなかったら、またやられるよ」って、スーニャはぜったいに復讐する気だけど、ダニエルはぼくに勝って満足してるから、これ以上はなにもしないんじゃないかな。あれから、ダニエルは「バカ」って言わないし、なぐったりけったりしてこない。ぼくが負けて、戦いは終わり。これでいいんだ。

もちろん、いいわけないけど、ぜったい勝てないのに悪あがきするのは、カッコわるいしね。テニスのウィンブルドンの試合で、いつも決勝で負けてトロフィーをのがす選手がいて、いさぎよく負けをみとめて肩をすくめてほほえむのが、〝紳士的〟とか〝りっぱなスポーツマンシップ〟ってほめられてたけど、ぼくも、復讐してまたやられるくらいなら、いさぎよく負けるよ。

算数の授業中、先生が、「そうそう、だいじなことを言っとくわ」って言った。あごがふるえて、ほくろの毛がゆれる。

「今度、オフステッドの視学官がくるのよ」

先生はぴりぴりしたようすでドアを見た。〈オフステッドっていう、銃を持った危険人物か軍隊が突撃してくるのかな?〉って思ってると、先生は言った。

「学校を調査しにくるの」

ダニエルが、さっと手をあげた。

「事件の調査なら、ぼくの父さんもしてます。警部だから」

「ダニエル、いまは自慢大会じゃないのよ」って先生が言って、スーニャがわざとらしく笑った。先生はつづけて言った。

「オフステッドっていうのは、教育水準局のことよ。教育水準局の視学官は、いろんな学校を見て、優・良・可・不可の判定をするの」

先生はいつもより青白い顔で、うすーいグレーの目でぼくたちを見て言った。

「くるのは来週よ。ここがどんなにすばらしい学校で、どんなにすばらしい生徒がいるか見てもらって、いい評価がもらえるようにしましょう。質問されたら、はきはきと礼儀正しく答えてね。『授業がおもしろい』とか言うといいかも」

スーニャが、なんかたくらんでる顔でにこってしてきたけど、ぼくは笑いかえせなかった。

休み時間は〝父母を敬え〟っていう十戒をまもって、スーニャとは話さなかった。トイレで十二分間、火をはくモンスターと戦ってたんだ。ハンドドライヤーがモンスターのつもりで手をかざして、熱くても限界までがまんするんだよ。楽しかったけど、ベンチや秘密の体育倉庫でスーニャと話すほうがいいな。でもスーニャとなかよくしたら、十戒をやぶることになって、そしたら天国にいけなくなっちゃう。ほんとに天国があって、ローズがひとりぼっちで待ってるなら、ぜったいにいってあげないと。

スーニャとは、きのうも今日も話してない。ローストチキンをつくった日から毎日、父さんは学校まで送ってくれるし、夕食もつくってくれる。だから、これでいいんだ。でも、引き出しにしまったブル・タックの指輪を見ると、おなかがきゅってなる。

「なんで話してくれないの?」「ジェイミー、へんだよ」って、スーニャがしょっちゅう言ってきたときは、どうしようって思ったけど、だんだん話しかけてこなくなって、声もきけなくなっちゃった。

クスリのことしか考えられないドラッグ中毒みたいに、気がつくとスーニャのことを考えてる。映画に出てきたドラッグ中毒の人は、クスリが切れるとおかしくなって、クスリを買うお金がほしくて、スーパーで強盗してた。もちろん、ぼくは売店をおそったりしないよ。水曜と金曜は休み時間、学校の受付が売店になるけど、そこのチョコを買いしめてプレゼントしても、ゆるしてもらえないだろうし。

レオが夕食を食べにきた。ピザは買ってきたやつだけど、父さんはそれにハムとパイナップルの缶詰をのせて、母さんがしてたみたいにトロピカルふうにした。夕食のあいだ、父さんはレオを無視しつづけた。レオはすごく緊張してる。ジャスはそわそわしながら、「つぎの試合はいつ?」とか「校長先生はどんな人?」って、ぼくにきいてきた。父さんがレオの緑の髪を見てつくため息と、ナイフがお皿にカチャカチャあたる音のほかはしーんとしてるから、ジャスは話をふるのに必死なんだろうな。だから、「今年はもう試合はない」って、まえに言ってあるし、校長先生がどんな人かは、自分だって電話で話したんだから知ってるはずだけど、なるべくていねいに答えてあげた。

レオは、スーパーで買ったピザじゃなくて、豪華なディナーをごちそうになったみたいに、「ほんとにありがとうございました。マジでめちゃくちゃうまかったです」って言った。父さんが、なんかぶつぶつ言う。おばあちゃんだって、「礼儀正しくするのはタダなんだから、人には礼儀正しく」って言ってたのに、その態度は失礼だよ。

そのとき、ジャスがレオの手をとった。父さんは、ショックで目がとびだしそうになった。ジャスがレオを二階につれてこうとする。でも、父さんは、「そこで話したらどうだ」って、居間を指さした。ジャスの顔は、スペインにいったとき朝食に出てきた焼きトマトみたいに、まっ赤になった。

二人だけにしてあげればいいのにって、ちょっと思ったけど、〝父母を敬え〟っていう十戒を思い出して、だまって父さんがお皿を洗うのを手伝った。父さんがガチャガチャお皿を洗うたびに、シンクのまわりに泡がかかる。「なにおこってるの？」ってききたいけど、なんかきけなくて、それでモーセの十戒の話をしたら、父さんは途中でビールをとりにいった。

13

なかなおりするには

夜、スーニャの夢を見た。ぼくはスーニャの髪が見たくて、ヒジャーブにさわろうとするんだけど、スーニャはぼくの手からにげながら、ヒジャーブをしっかりまきつけた。「ぼく、どうしても見たいんだ。おねがいだから見せて」ってたのむほど、ヒジャーブはぴたっとまきついて、顔がどんどんおおわれていって、とうとう片目しか見えなくなった。ぼくを見つめる目は、いつものきらきらした目じゃなくて、それは口に変わって、「ロンドンに帰れ」って言った。

目がさめると、髪が首すじにはりつくくらい汗びっしょりで、スーニャと話したくて、胸がきゅうって苦しくなった。

ぼくは、ブル・タックの指輪をつけて家を出た。車で学校まで送ってもらうあいだ、「このまえは、いいって言ったのに」って、ジャスがむくれると、父さんは言った。

「彼氏はな。デートはだめだ」

「映画にいくだけだって」

「髪が緑のやつとなんか、いかせられるか」

「べつにいいじゃない」

「緑なんておかしいだろ」

「おかしくないよ」

ぼくもおかしくないって思ったけど、だまってきいてたら、父さんが言った。

ジャスは父さんをじろっとにらんで、大声で言った。

「そんなのはだいたい……」

「なに⁉」

〈神さま、父さんの上に石板をふらせて気絶させて、いますぐだまらせてください〉って思ってると、父さんが言った。

「ろくでもないやつだ。ふつうの男は髪をあんな色にしないだろ」

「ゲイっぽいってこと⁉」

「自分で言ってるじゃないか」

沈黙がつづいたあとで、ジャスが言った。

「車をとめて」

「なに言ってるんだ」

「早くとめてよ！」

父さんは車をとめた。うしろの車がクラクションを鳴らす。ジャスは泣きながら車からとびだして、ドアをバンッてしめた。父さんがなんかさけんだ。またクラクションが鳴った。父さんがバックミラーを見て言った。

「外人のくせに」

くもった窓ガラスをふいて目をこらすと、うしろの車にはスーニャとお母さんが乗っていた。

「おれたちの国から金をもらっといて、はたらかないで爆弾なんかつくって……」

父さんはイスラム教徒の悪口を言いながら、ジャスを雨の中に残して車を急発進させた。ぼくたちの車が、道で草を食べていた羊をよけたとき、〝隣人に関して偽証してはならない〟っていう十戒が、突然、頭の中にひびいた。

きのう先生が、「この十戒の意味がわかる人？」ってきいたら、ダニエルが手をあげて答えた。

「うそをついちゃいけないって意味です」

急にドキドキして、席にすわりなおす。聖書は、〝うそのうわさを流しちゃいけない〟って言ってるのに、ぼくの父さんは……。

父さんがラジオをつけた。音楽がガンガン流れだす。でもいまは、父さんが言ってた悪口しかきこえない。

「イスラム教徒は、寝室で爆弾をつくってる……英語を学ぼうとしない、なまけ者の人殺し……」

心臓が一瞬とまって、はっきりとわかった。〈父さんの言ってることは、うそだ〉って。スーニャの家は二マイルもはなれてるから、となりの家ってわけじゃないけど、隣人だし、〝隣人に関して偽証してはならない〟って聖書は言ってるんだから、父さんがしてるのは十戒違反だ。

「着いたぞ」って言われて、ぼくはうなずいた。でも、父さんがうそついてるって思ったら、体が動かない。父さんは、フロントガラスのワイパーを見ながら言った。

「早くおりて」

ぼくは、シートベルトをはずして車をおりた。父さんはなにも言わずに車を出した。指輪の白い石を見たらむしゃくしゃして、〈神さまもモーセもきらいだ！〉って、空にむかって中指を立てる。〈十戒なんて知るか。父さんの言ってることはまちがいだから、ぼくはしたいようにするぞ〉って、角をまがっていく父さんの車にも中指を立てたら、ちょっとすっきりした。

　ぼくは校舎にはいって、スーニャをさがした。

　教室の机でブル・タックの指輪をつくった。指輪にスーニャのみたいな茶色い石をつけてると、先生がはいってきた。

「もうすぐクリスマスだから、今日はまず、キリストの降誕について学びましょう」

「えー。またー」って、みんなが言う。ロンドンでも、十二月はキリストについて習ったり、降誕劇をしたりした。ぼくは羊とか、ロバの下半身とか、ベツレヘムの星の役で、人間の役はもらえなかったけど。毎年おなじ劇だから、観にくる親も退屈してただろうな。

「クリスマスは、イエス・キリストがお生まれになった、たいせつな日なのよ」って先生が言った。

　ぼくはふざけて、「わーれらはきたりぬーレスタースクエアよりーセクシーパンツーを売りにまいらーん」って、クリスマスキャロルの替え歌を小さな声でうたったけど、スーニャは笑ってくれなかった。

　ぼくたちは、赤ちゃんのイエスになったつもりで、降誕の場面を作文に書くことになった。でもイエスは、生まれるまえはマリアのおなかの中にいたし、馬小屋で生まれたあとは飼い葉おけの干し草の中に寝かされてたから、おがみにきた羊飼いの鼻毛くらいしか見えなかったんじゃない？　そう思ってたら、先生が言った。

「一年でいちばんたいせつな課題だから、いい成績がつくようにがんばって書くのよ。よく書けたら、保護者会のときに、おうちの方に見せるから」


四ページ書いたところで、先生が「はい、ペンをおいて」って言った。

〝マリアのもとに大天使ガブリエルがきて、イエスを身ごもっているとつげたとき、マリアのおなかは赤くかがやきました〟ってとこは、母さんもぜったい気にいるよ。緑の髪がきらいなら、父さんは翼のある男もきらいかもしれないから、ガブリエルはほんとは男だけど、女にした。

〝休み時間に倉庫にきて〟って書いて、ジャスが誕生日にくれた鉛筆で、悪魔の角つきのニコニコマークも描いて、スケッチブックをやぶってスーニャにわたしたけど、それを読んでもスーニャの表情は変わらなかった。

休み時間になるとすぐ、ぼくは売店にむかった。映画のドラッグ中毒の人みたいに銃でおどしにいったんじゃなくて、おばあちゃんからもらったお金でクランチーのチョコバーを買ったんだ。ぼくはそれを持って、倉庫まで走っていった。

テニスボールをバウンドさせながらスーニャを待った。でもなかなかこなくて、五十一回目のバウンドで気づいたんだ。スーニャはこないって。なに一人でおこってるんだろ……。腹が立ってチョコバーをあけたら、よだれが出るほどおいしそうだったけど、やっぱり食べるのはやめて、つつみ紙にくるんで、服にポケットがなかったから、くつしたにしまった。

どうしても倉庫にきてほしくて、算数の授業中にまた、〝昼休み、倉庫にきてください。いいことがあるよ〟って書いてわたした。

昼休みは、倉庫でサンドイッチを食べた。サッカーボールの上にすわったらゴロゴロころがりそうになって、パンをすこし落としちゃった。物音がするたびにドキッとする。そのうち、音がしなくてもドキドキしてきて、右足がふるえて、口がかわいて食べられなくなった。ドアのまわりからもれる光がひろがって、ドアがあいて、そこにスーニャがいたらいいのに。光を背にして、顔に影がかかったスーニャを思いうかべたけど、ドアのハンドルは一ミリも動かない。

ぼくは、テニスのラケットとボールをひろって、かべ打ちをはじめた。一回、二回……もっと速く……三回、四回……もっと強く……。汗が背中をつたって、息がハアハアする。

そのとき、肩をたたかれた。とりそこねたボールが思いっきり顔にあたった。

「ちょっと、だいじょうぶ?」

スーニャがきてくれた！　めちゃくちゃ痛いはずなのに、それも感じないほどうれしい！

「うん」ってうなずいて、ぼくがつくった指輪を見せた。

「これ……」

スーニャは指輪をじっと見た。百万年くらい待ったけど、なにも言わないから、「はめないの？」ってきくと、スーニャは言った。

「このためによんだの？」

「え……？」

スーニャは、あきれたっていうみたいに首をふって、出ていこうとした。

「待って！」

「もう、なんなの？」

「プレゼントがあるんだ！」

ぼくは、くつしたからチョコバーを出した。ロジャーが死んだウサギをくれたとき、こんなのぜんぜんほしくないって思ったけど、スーニャはあのときのぼくみたいな顔で、つんつんしながら倉庫を出ていった。ぼくの目の前で、バンッてドアがしまる。急に暗くなって、かべがガタガタ鳴った。

チョコバーはつぶれて溶けかけて、糸くずがついてる。ほかに、あげられるものはないかな？　でも、ここには槍投げの槍くらいしかない。これを持ちだしたら、昼休みの監督のおばさんにばれるだろうな。それで、なにも持たずに倉庫を出たら、雨の中、あざやかな黄色い花が目にとびこんできて、いい考えがうかんだんだ！

あと十分で昼休みが終わる。プレゼントを背中のうしろにかくしながら校庭をさがすと、スーニャはダニエルといた。〈なんでダニエルと⁉〉って、一瞬思ったけど、なんか言いあってるみたいだ。またなぐられたらいやだから、はなれてると、ダニエルは「カレーくさっ！　カレー菌がうつる」って言いながら、走っていなくなった。

ぼくはスーニャのそばにいって、汗でしめった手で、さっきつくった黄色い花束をさしだした。門にとびついて家族を出むかえるサミーみたいに、ぼくの心臓も、胸からとびだしそうなくらいドキドキしてる。

「ジャーン！」

タンポポばかりだけど、きれいにできたし、ぜったいよろこぶと思ったのに、スーニャは突然泣きだして、ぼくはすっごくおどろいた。スパイダーガールみたいに強くて、目をきらきらさせて太陽みたいに笑うスーニャが泣くなんて。ぼくの胸の中のサミーも、しっぽをたらして、しゅんとなった。「どうしたの？」ってきいても、スーニャは答えないで、首をふって、ふるえるくちびるをかみしめて泣きじゃくってる。涙がぼろぼろこぼれて、ほおをつたって……。

「いらないの!?」って、おもわず大きな声で言ってしまう。スーニャにおこってるわけじゃないのに。せっかくいいこと思いついたのに、スーニャを泣かせて、それをだいなしにしたダニエルはむかつくけど。

スーニャは花束をつかんで投げすてると、ぎゅうぎゅうふみつけてけちらした。花びらの残骸がちらばる。スーニャは言った。

「花もチョコもいらない!」

でも、ほかにあげられるものはないし……。「じゃあ、なにがほしいの?」ってきいたら、スーニャは言った。

「わたしはただ、ちゃんとあやまってほしかった!」

スーニャをじっと見ると、スーニャも見つめかえした。スーニャは、すっごく傷ついた顔をしていた。

はじめて会った日、指輪をくれようとするのをこわがってさけたり、どろぼうのぬれぎぬを着せられたとき、一生懸命なぐさめてくれたのに、「ほっといて」ってどなったり、ハロウィーンの日、一人でさっさと帰ろうとしたり、サッカーの試合をほめてくれたのに、「うるさい」って言ったり、急に無視したり……。スーニャのこと、どれだけ傷つけたんだろう。

無視したのは〝父母を敬え〟っていう十戒をまもるためだったけど、だからって傷つけていいわけない……。

ぼくは、スーニャの手をにぎった。「スパイダーマンちゃんにカレー菌がついた」って、ダニエルの声がきこえたけど無視して、「ごめんね」ってあやまると、スーニャはうなずいて、でも、笑ってはくれなかった。

14
悪魔の角

地理の時間、スーニャは地図を書くのに、ぼくの鉛筆をつかってくれた。でも、まえみたいなともだちにはもどれなくて、放課後「家まで送るよ」って言ったら、「いい」ってことわられた。自分史上最高のダジャレやジョークを連発しても、笑ってくれないし、歴史の時間に指輪をわたしたら、はめないで筆箱にしまってたし……。

そんなことを考えながら歩いてたら、くつとバックパックが急に重くなったみたいで、なかなか家に着かない。家まであと二分ってとこで、ロジャーがしげみからとびだしてきた。ロジャーがウサギを殺したときは、おこったりして悪かったな。ロジャーにもちゃんとあやまらなきゃって思って、「狩りは猫の本能なんだよね。このまえは、ついおこっちゃってごめんね」って言った。

玄関のドアにもたれてすわりこむと、ロジャーもとなりにきて、ごろんっておなかを見せた。ぼくはロジャーの近くで、くつひもをぶらぶらさせた。ロジャーはひもにじゃれついて、ミァッて鳴いた。気にしてないよっていうみたいに。女の子も、猫くらい単純だったらいいのにな。

家の中は暗くて、がらんとしていた。雨が窓ガラスをたたく音しかしなくて、ヒーターもついてなくて凍りそうだ。

学校から帰ると、父さんが夕食をつくってたり、「学校はどうだった?」ってきいてくれたりしたのは、この何日かだけだけど、それに慣れちゃったから、家がしずかで暗いと不安になる。「父さん!」ってよびたくなったけど、よんで返事がなかったらって思ったら、こわくてよべなくて、口笛を吹きながら明かりをつけた。〝もう限界だ〟って書きおきを残して、父さんが家を出ていったあとだったらどうしよう。ぼくは台所にいった。父さんはいない。テーブルの上に書きおきはなくて、ちょっと安心した。

そのとき、地下室のドアがほんのすこしあいてるのに気づいた。階段の明かりをつけても、だれも出てこない。下にいるのがキャンディマンだったら武器が必要だから、台所の引き出しから木のスプーンをとった。でも、かぎづめの殺人鬼と戦うのにスプーンじゃだめだって気づいて、コルクぬきに替えた。

一段おりると、コンクリートが冷たくて足がじんとした。

「父さん……」

小さな声でよんでみたけど、返事はない。もう一段おりると、地下室のドアから懐中電灯の明かりがもれてる。

「父さん？　そこにいるの？」

地下室から荒い息づかいがきこえる。ゆっくり、もう一歩ふみだしたら、ドキドキが限界にきて、残りの階段はいっきにかけおりた。

地下室の床一面に、写真や本や服やおもちゃがちらばっている。足のふみ場がないから、最後の段に立ったまま父さんのほうを見た。父さんは大きな箱の中をのぞきこんでる。こんなにちらかってるってことは……どろぼうがはいったんだ！　窓はわれてなかったけど、どこからはいったんだろう。

「犯人はわかった？　どこからはいったの？」

父さんは、〃聖なるもの。取扱注意〃って書かれた箱の中をさぐって、つかんだものを床にほうりなげた。ぼくはつぶやいた。

「どろぼうじゃなくて、自分でやったのか……」

父さんが顔をあげた。ボサボサの黒い髪と青白い顔が、懐中電灯の明かりにうかびあがる。しみのついたシャツに、〃七さいのおたんじょうびおめでとう！〃っていうバッジがついてる。父さんは、くしゃくしゃの紙をふりまわしながら言った。

「あったぞ！　これ、すごいだろ？」

なにかが五つ描いてあるってことしかわからないけど、だまってうなずく。

「こんなに小さかったのか……。こっちにきて見てごらん」

ストラップのついたくつや、花がらの小さなワンピースや、〝七さいのおたんじょうびおめでとう！〟のバッジがついてたバースデーカードをまたいでのぞきこむと、それはぼくたちの手形だった。大きな手形には〝おとうさん〟〝おかあさん〟、小さな手形には〝ジャス〟〝ローズ〟、すっごく小さな手形には〝ジェイミー〟って書いてあって、まるくならんだ手形のまん中にハートがあって、ハートには、〝おとうさん　いつもありがとう〟って書いてある。きれいな字だから、母さんが書いたのかな。

父さんはジャスの手形にキスして、ローズの手形にもキスして、またジャスの手形にキスした。いくら気にいってても、そこまでする？って思ってると、「いい名前だよな」って、父さんがふるえる声でつぶやいて、ぼくはなんだかカチンときた。父さんはジャスとローズの手形をなでた。

「いい名前だ……ジャスミンもローズも。二人を思い出すよ」

「思い出すって……。ジャスは生きてるけど」って言っても、ぜんぜんきいてないし。父さんは肩をふるわせて、手で顔をおおった。ヒック、ヒックってしゃくりあげる声が地下室にひびいて、ふきだしそうになったけど、笑っちゃいけないと思ったから、戦争とか飢餓の子どもとか、悲しいことを考えて笑いをこらえた。

父さんが泣きながら、なんか言ってる。

「いつも、おまえたちのこと……」

父さんはジャスに、十歳の子どもにもどってほしいのかな？　ジャスはピンクの髪で鼻ピアスもしてて、もう小さな子どもにはもどれないのに。

「人は手にはいらないものをほしがるのよ」って、おばあちゃんの言うとおりだよ。父さんは十歳の娘がほしいのに、ぼくは十歳だけど男だし、ジャスは女だけど十五歳だし、ローズは十歳だけど死んでるし。「自分の持ってるものじゃ、けっして満たされない人もいる」って、おばあちゃんは言ってたけど、それって父さんのことみたいだ。

父さんがお酒を飲んでトイレではくと、いつもジャスがそうじして、父さんをベッドにつれていくんだけど、今日は十一時すぎまで帰らなかったから、ぼくが父さんの世話をした。ベッドにはいるときも手形の紙をにぎりしめてる父さんを見たら、おなかがきゅっとなった。父さんはすぐに寝た。いびきにあわせて顔がふるえる。おきたときに飲めるようにお水を持ってきてあげて、一分寝顔を見て、それから自分の部屋にいって、タレントショーの案内を持って出窓の前にすわった。ロジャーが足もとでのどを鳴らしてる。足でロジャーにふれるとあたたかくて、ロジャーののどが動くたびに、ぼくの足もぶるぶるってする。

　タレントショーの案内には、いちばん上に〝マンチェスター・パレスシアターで人生を変えよう!〟って書いてあった。ぼくとジャスがステージに立って、審査員やたくさんのテレビカメラの前でうたったら……。

「なんてすばらしい子たちだろう」って、父さんと母さんは手をにぎりあうくらい感動して、けんかしたこともローズが死んだこともわすれて、ジャスは十歳の女の子じゃなくてピンクの髪の十五歳だけど、それでいいって思うかも。タレントショーが終わったら、母さんはナイジェルに電話して、「家族のところにもどるわ。あんたはやっぱりクズよ」って言って、ぼくたちはげらげら笑いながらおなじ車に乗って、家に帰ったら父さんはお酒をやめるんだ。母さんはきっと、「そのＴシャツ、似合うわね」って言って、数か月ぶりにＴシャツをぬいでパジャマに着替えたぼくをベッドに入れて、百六十八日まえ、家を出ていくまえみたいに布団でくるんでくれる……。


　つぎの日、ファーマー先生は黒いスーツを着て教室にはいってきた。ズボンは小さすぎて、おなかの肉がウエストからはみだしてて、シャツのあいだから見えたおなかは、白くてぶよぶよでケーキの生地みたいだ。

先生は、いつもとちがう猫なで声で、「みんな、おはよう。授業のまえに体をほぐしましょうね」って言った。ぼくたちは立って、先生の言うとおりに腕を動かして、頭がこんがらかるような体操をした。急にこんなことさせて、先生、どうしちゃったんだろう!? そう思ってたら、クリップボードを持った人が教室にはいってきて、「教育水準局のプライスさんよ」って、先生が紹介した。

先生は黒板に〝学習のねらい〟とかなんとか書いて、午前中は授業の目的についてえんえんと話した。プライスさんのほうをちらちら見ながら。プライスさんは眼鏡をかけてて、指が長くて、鼻が高くて、あごがしゃくれた男の人だ。先生はむずかしい話をしてプライスさんを感心させたかったんだろうけど、プライスさんはにこりともしない。

先生は、またキリストの話をしてから言った。

「じゃあ、これから粘土で降誕のお人形をつくりましょう。二人ひと組みで、一人は人間と飼い葉おけ、もう一人は動物と馬小屋をつくって」

スーニャは、羊と牛と、角のあるブタみたいな太った動物をつくった。先生はスーニャの机の横を通ったとき、二度見して、「これはなに?」ってきいた。スーニャが「サイです」って答えると、先生はふりかえってプライスさんが見てないのをたしかめてから、こぶしでそれをたたきつぶした。スーニャは目をギラギラさせて、つぶれたサイをじっと見た。

「動物園じゃないのよ。降誕の場面にサイなんていないでしょ」

先生がこそこそ言った。「いなかったってわかるんですか？」ってスーニャが言いかえす。

そのとき、プライスさんが近づいてきた。

「なにをつくってるんだい？」

スーニャが答えようとしたら、先生があわてて言った。

「羊です！」

それから先生はスーニャに言った。

「羊よね？」

スーニャはだまって粘土をこねて、とがったソーセージか角みたいなものをつくりはじめた。

先生はとなりの机にいって、「どう？ うまくできた？」って話しかけた。ふだんは自分の席でコーヒーを飲んでるだけなのに。プライスさんは、ダニエルとライアンがつくったかんぺきな動物とイエスと馬小屋を見ながら、ダニエルと話している。先生はきいてないふりをしてたけど、「ファーマー先生はとってもいい先生で……」って、ダニエルがベラベラほめだしたら、ほおがぽっと赤くなった。ダニエルは、〈これで二番目の雲にいける〉って思ってるみたいに、かべのかざりの雲についてる自分のふせんを満足そうに見た。

スーニャはものすごいいきおいで粘土をこねて、六つめの小さな角をつくってる。

もうすぐ授業が終わる。先生がジャケットをぬぐと、わきが汗でぬれていた。

「みんな、じょうずにできたわね。休み時間にオーブンに入れるから、前に持ってきて」

「そろそろ失礼します。またあとで作品を見にきますね」

プライスさんにそう言われて、先生は「それは……どうも」って、目をぱちくりさせた。

プライスさんが教室を出ていくと、先生はすぐに自分の席にすわって、「さっさとかたづけて」って、いつもの声で言った。

スーニャはぼくたちの作品を前にはこぶと、そのままそこで、みんなの作品をじっくり見ていた。スーニャにちょっとでもよく思われたかったから、ほんとは手伝ってほしかったけど、一人でぜんぶかたづけた。そのあと、先生は「外で遊んでいいわよ」って言った。スーニャはトイレにいって、授業開始の笛が鳴るまで帰ってこなかった。

ぼくたちがつくったイエスがオーブンで焼かれているあいだ、英語の授業がはじまった。

プライスさんがいつもどるか気になるのか、ドアを見つめたまま先生が言った。

「〝すばらしいクリスマス〟という詩をつくりましょう。楽しみにしていることを、たくさん書いてちょうだい」

たくさん書いてって言われても、楽しみなんか……。去年のクリスマスは、壺の横に父さんがローズのくつしたをつるしたのに、母さんはプレゼントを入れなくて、父さんがおこりだしたんだ。今年は母さんがいないから、ごちそうも食べられない。芽キャベツのクリスマス料理はきらいだけど、それが出てきてもいいから、クリスマス料理が食べたいな。

「手がとまってるわよ」

先生に言われて、ぼくはあわてて最高のクリスマスを思いうかべた。七面鳥の香ばしいにおい、教会の鐘の音、そっくりの顔でかわいらしくほほえむジャスとローズ。

結局、クリスマスをすっごく楽しみにしてるみたいな詩を書いた。二連目は〝サンタ〟と〝ファンタ〟で韻をふむ。ほんとはファンタは好きじゃないけど、それしか思いつかなかったし、ほかもぜんぶうそだし。

スーニャはめずらしく考えこんでいて、四行しか書いてない。「どうしたの」ってきいたら、「クリスマスは祝わないの」って言われて、絶句した。『ナルニア国ものがたり』では、白い魔女がサンタクロースをしめだして、ビーバー夫妻はクリスマスを祝えなかったけど、クリスマスがないなんて、白い魔女に支配されたナルニアじゃん。スーニャがつぶやいた。

「わたしも、ふつうの家がよかった」

そのとき、プライスさんが教室にはいってきた。

それからしばらくして、先生が焼きあがった人形をはこんできた。ぼくたちが見にいくと、先生は「熱いから気をつけてね」って言った。プライスさんの顔はクリップボードにかくれて、鼻の先しか見えない。

ぼくたちの人形は、なかなかよくできていた。マリアは夫のヨセフより大きくて、右足と両手がとれたイエスはオタマジャクシみたいだけど。角はどの動物にもついてない。さっきのとがったソーセージはどうしたんだろうって思ってたら、プライスさんが人形を見ながら息をのんだ。角は、ダニエルたちの人形のひたいについていた。ダニエルがつくったかんぺきな動物だけじゃなくて、マリアとヨセフとイエスのひたいにも。

スーニャは天使のようにむじゃきな顔をしてるけど、目は石炭みたいに黒々とひかってる。とがったソーセージは、角っていうより小人のチンコみたいで、ぼくは口をおさえて笑いをこらえた。ぼくがやったって思われたらこまるから、ダニエルのほうは見ないようにした。ダニエルはぼくをなぐったとき「バーカ」って言ったけど、バカはおまえだ!

プライスさんは、ぼくたちの評価(ひょうか)を紙に書きながら教室を出ていった。顔はまっ赤だし、長い指はぶるぶるふるえてたし、ぜったい悪い評価(ひょうか)だな。証拠(しょうこ)がないからダニエルはしかられなかったけど、じゅうぶん復讐(ふくしゅう)になったよ。

「だれがやったの？」

先生がきいても、だれも名乗り出なかった。ぼくたちは、「神の子をボウトクした」とかなんとか言われて、昼休みは校庭で遊ばせてもらえなかった。スーニャも、さっきみたいに女子トイレにこもらないで教室にいた。ちょうど雪がふってきて、ほかのクラスは雪合戦をしてるのに、ぼくたちだけ遊べないなんてひどいって、みんなはぶうぶう言ってた。ぼくは、スーニャと教室にいられてラッキーだったけど。

放課後、雪がつもったでこぼこの地面を見たら、ジャスがまだダイエットをはじめるまえによく、小さく切ったソーセージをマッシュポテトにうめるようにして食べてたのを思い出した。急にそんなことを考えたのは、腹ぺこだからかな？

「じゃあ、今日はここまで。全員すみやかに、わたしの視界から消えて」

先生が言いおわるまえに、スーニャは教室をとびだした。ぼくもあわてて学校を出て、雪ですべりそうになりながらスーニャを追いかけた。スーニャはずんずん歩いていく。

「スーニャ！」

スーニャが立ちどまる。褐色の肌が雪に映えて、すごくかわいくて、言いたかったことは頭からふっとんだ。

「なんなの？」

おこってはないけど、つかれてうんざりした声でスーニャは言った。いいかげんにしてって思ってるんだ。そう気づいたら、寒さのせいじゃなく背すじがひんやりした。きらきらの笑顔が見たくて、おもしろいことを言って笑わせようと思ったけど、頭の中がまっ白でなにも思いつかない。ぼくは、舞いちる雪をしばらくながめてから言った。

「スパイダーガール、調子はどう？　今日は何人救ったの？」

スーニャは、そんな話はしたくないって言いたそうだけど、ぼくは無視して言った。

「ぼくは千四人。大いそがしだよ」

スーニャは腕を組んで、いらいらしてるみたいにため息をついた。雪はヒジャーブの上にも落ちて、風が吹いてヒジャーブがひるがえる。

「スーニャ、あのさ……ありがと」

「なにもしてないけど」

「ダニエルの人形にアレをつけて、仕返ししてくれたでしょ」

一歩近づいて、〈それに、いつもたすけてくれて〉って、頭の中でつけたした。スーニャは肩をすくめた。

「わたしがしたくて、したの。あなたのためじゃないから」

スーニャはくるりと背をむけて歩きだした。雪にくっきりと、足あとをきざみながら。

15 ついにバレた！

父さんが明日の保護者会をわすれないように、今週は毎日、「三時十五分に学校にきてね」って言いつづけた。せっかく母さんがくるのに、父さんがお酒を飲んできたらどうしよう。母さんから返事はないけど、たぶんくる……っていうか、ぜったいきてほしいっていうか……。念のため、きのうは百十三分間、人さし指と中指をクロスしておまじないをした。ジャスは「あんまり期待しないほうがいいよ」って言うけど、母さんが保護者会にこないわけないし。早く母さんに降誕の作文を見せたいな。あの作文はいちばんいいA評価で、それで、かべのぼくの天使は七番目の雲にすすんだんだ。

いつもより早く学校から帰ったら、留守電のランプがチカチカしていた。母さんが保護者会のことで電話してきたんだ！　ローズの壺はクッションの上にのってて、父さんはソファーで寝ていた。二重あごの下にはさまった手形の紙が、父さんの息でゆれている。ぼくはドアをしめて、ロジャーにえさをやった。数か月ぶりに母さんの声をきくんだから、きちんとしようと思って、顔を洗って歯をみがいて手で髪をなおして、よごれてしわのついたTシャツは、ウエットティッシュでふいて消臭スプレーをかけた。

ぼくはドキドキしながら、電話の横にいすを持ってきてすわった。手をのばすと、留守電のランプで指が赤くそまる。母さんの声がすごくききたいのに、なんだかこわくて再生ボタンがおせない。明日はいけないっていう電話だったら……。三十秒だけ待とうと思ったけど、十七まで数えたところで、バンッて再生ボタンをおした。

「もしもし?」

女の人の声がして、留守電につながると思ってなかったのか、とまどってるみたいに間があいた。母さんの声じゃないけど、電話ってふだんの声とちがうし……。明日はいけないっていう電話じゃありませんように。ぼくは指をクロスして祈った。

「こんにちは……マシューズさんのお宅でしょうか? ジャスミンの担任のルイスです。ご心配いただくようなことではないのですが……先週の金曜から欠席してますよね? おうちにいるか確認したくて、お電話しました。体調をくずしているのだと思いますが……ようすが知りたいので、今日の午後、お電話をいただけますでしょうか。まだぐあいがわるいようでしたら、おだいじになさってください。元気になってまた学校にくるのをお待ちしています。それでは失礼します」

母さんじゃなかったのがショックで、ちゃんときいてなかったから、もう一度再生して、そしたらびっくりして、口がぽかーんってなった。ジャスが病気って、どういうこと？　毎日、ふつうに制服を着て出かけてたのに。まさか学校をさぼってたなんて……！

びっくりしすぎて動けなくて、呆然といすにすわってたら、ロジャーがひざにのってきた。『アラジン』の映画やアフリカの砂漠の国で、ヘビが笛にあわせておどるみたいに、しっぽをくねくねさせて。

ドアノブがガチャガチャ動いて、ジャスがはいってきた瞬間、ぼくは言った。

「どこいってたの？」

ジャスは「学校だけど」って、あたりまえじゃんって顔をした。

そんなのうそだ。なぐられたみたいにほおが熱くなって、留守電のランプみたいにまっ赤になった。

「うそでしょ！」

「なんのこと？　わけわかんない」

バカにしたみたいに言うジャスに、ぼくは言った。

「さっき、ルイス先生から電話があったよ」

ジャスはさっと電話を見て、手を口にあててつぶやいた。

「父さんは知ってる？」

「ううん」

「このこと、父さんに……」

「言わないよ。もちろん」

ジャスはうなずいて、紅茶をいれてから、ぼくに言った。

「ホットライビーナ飲む？」

韻をふむのにファンタにしたけど、ほんとは詩にも入れたかったくらいホットライビーナは好きだから、「うん」って言った。でも、ぼくにひとことも言わないでずる休みして、うそをついたのがまだ頭にきてて、お礼は言わなかった。

ジャスは、台所のテーブルの前にすわって言った。

「ごめん」

「いいけど」

そう言ったら、ジャスはほっとしたような顔をしたけど、〈ひとこと言ってくれてもよかったのに〉〈なにもうそつくことなかったのに〉って思うと、怒りはおさまらない。あやまればそれでいいわけ？

そのときはじめて、スーニャの気持ちがわかった気がした。ちょっとあやまられたくらいじゃゆるせないし、ブル・タックの指輪をつける気にはならないよね。

いますぐ家をとびだして丘をかけあがって、スーニャの家の前で、「ほんとに、ほんとにごめん」ってさけびたかった。スーニャが二階の窓から顔を出して、きらきらした瞳で「もういいよ。わかったから」ってゆるしてくれるまで、何度でも「ごめんね」って言いたかった。でも、そんな勇気はないから、ぼくはすわったまま、ジャスがなんか言うのを待った。

「本気で好きなの」

そんなことを言いだすとは思わなかったから、びっくりしてむせちゃって、Tシャツにライビーナのしみがついた。ジャスが背中をさすってくれて、息ができるようになってからきいた。

「レオのこと？」

ジャスはつめをかみながら、だまっている。

「そっか」ってつぶやいたら、ジャスはまよってるみたいに、もぞもぞしながら言った。

「このあいだ、父さんが」

ジャスの目に涙がうかぶ。立ちあがってティッシュをさがしたけど、ないからふきんをわたしたら、ジャスは笑った。でも、やっぱり悲しそうな顔でつづけた。

「車の中で、レオの悪口言ったじゃない。ゆるせないよ」

「でも、ゆるさないと」

ジャスは、はなをすすりながら言った。

「なんで？」

「ぼくたちの父さんでしょ」

「だから？」

言葉につまって、「父さんだから……」ってまた言ったら、ジャスは言った。

「そう。わたしたちはいちおう、あの人の子ども」

なにが言いたいのかわからなくて、冷たくて骨ばったジャスの手をにぎる。ジャスは、テーブルのしみを見ながら言った。

「車をおりたあと、学校にいかないでレオに電話したの。そしたら、学校をぬけて一日いっしょにいてくれて、わたし、すっごく幸せで、学校なんてどうでもいいって思ったんだ」

ぼくは近づいて、首をふった。

「学校はすごくだいじだよ。母さんだって、『いい成績をとれば、将来の可能性がひろがる』って……」

ジャスはテーブルから目をはなして、ぼくの目をまっすぐ見た。

「でも、母さんはもういないんだよ」

〈そんなことないよ。ぼくに会うのを楽しみにして、いまごろ、こっちにくる準備をしてるよ。明日はナイジェルはつれてこないで、母さんだけ、三時十五分にぜったいきてくれる〉って言いたかったけど、だまってた。なぜか一瞬、不安になって。

ジャスは言った。

「明日は学校にいくよ。欠席届を持ってかないといけないし。ほんとは親が書くんだけど、自分で書いてもバレないから」

「ほんとにいく？　ぜったい？」

「ぜったい。うそだったら死んでも……」

そのとき、ジャスもローズのことを考えたみたいで、最後まで言えなくて、だまって立ちあがった。ジャスは流しでカップを洗いだした。洗剤の泡はほわほわで、雪か、泡立った波か、ファンタみたいだ。ジャスが言った。

「ほんとごめん。うそついたり、だまってさぼったり」

さっきみたいに口だけじゃなく、今度は心からジャスに言う。

「もういいって」

ジャスはカップを洗いながら言った。

「レオのことしか考えられなくて、はなれたくなかったの。ジェイミーも、もうすこしおとなになったらわかるよ」

その気持ち、ぼくもわかる。ジャスには言わなかったけど。


つぎの日、授業でファーマー先生が口をつぐむたびに、「スーニャ、ごめん。ほんとにほんとにごめん」って、息が苦しくなるまで言った。たぶん三百回以上あやまったけど、スーニャは悲しそうな顔でだまっていた。昼休みに、スーニャと校庭のベンチにすわってたら、ダニエルがスーニャの頭に雪玉をぶつけて言った。

「カレー菌は、クリスマスもカレー食うんだろ?」

言いかえしたかったけど、なにも言えなかった。スーニャは校舎にかけこんで、昼休みが終わるまでトイレにこもってた。ダニエルはまえからいじわるだけど、ここまでするなんて、人形事件の犯人がスーニャだってバレたのかな。

〈もうすぐ母さんに会える〉って思ったら、地理の時間も、歴史の時間にビクトリア朝について先生が話してるあいだも、ぜんぜん集中できなかった。作文は一行も書けなかったけど、なんか書いてるみたいにペンをにぎってノートをながめてたから、先生は気づかなかったし、だから母さんにも言いつけないよ。

授業は三時十五分に終わった。待ちくたびれて、百万年くらい待った気がした。

保護者会では、親が順番に先生と面談する。ぼくの親は一番目だ。先生が言った。

「じゃあ、おうちの方をつれてらっしゃい。三時二十分からはじめましょう」

ぼくは外に出た。父さんの車がとまってる。父さんは窓をあけて、「ジェイミー」って言った。酔っぱらった声じゃない。あたりを見まわしてると、「どうした?」ってきかれた。胸がバクバクして、口がからからで、ひざがふるえる。駐車場にはたくさんの車がとまってるけど、母さんはいない。

父さんが「トイレにいく」って言うから、ぼくもいっしょに校舎にはいった。でも、外にアンブルサイド英国国教会学校っていう看板があったかたしかめたくなって、父さんがトイレにいるあいだに校舎をとびだした。校門の外まで走って見にいくと、看板はちゃんとあった。これを見のがすわけないって思ったら、体がちぢんで、Tシャツのそでがだぼだぼになった気がした。Tシャツは雪でぬれて、バカみたいに肌にはりついた。鳥肌が立ってるのがTシャツの上からわかった。

いくら待っても、母さんはこなかった。雪がどんどんふってきて、まつげについて、風は凍るように冷たくて、手で体をかかえた。そのとき、車の音がした。母さんみたいに髪の長い女の人が運転してる。かけよって手をふったらころんじゃって、雪ですべらないように用務員さんがまいた砂利の上にひざをついてしまった。車はこっちにむかっている。

「母さん！」

きてくれたって思ったら、立ちあがれないくらいうれしくて、雪の上にたおれたままさけんだ。

「こっち！」

母さんはハンドルの上に身をのりだすようにして、ゆっくり運転してる。ワイパーがいそがしく動いて、フロントガラスの雪を落としていく。もう一度手をふって、よく見ると、けげんそうな目が眼鏡の奥から見つめかえした。母さんは眼鏡をかけないし、こんな茶色の髪じゃない。ぼくの母さんじゃなくて、べつの子のお母さんだ。

その人は、どいてって言うみたいに地面を指さした。さっきみたいにうれしいからじゃなく、ショックで立ちあがれないでいると、クラクションが鳴った。一回、二回、三回。ぼくはひざをついたまま、道のはじによった。

へいのそばにうずくまってると、父さんがきた。

「こんなところで、なにしてるんだ」

父さんは、ぼくの肩をつかんで立たせた。

心だけ、三百マイルはなれたロンドンにいるみたいにぼんやりして、気づいたら教室にもどっていた。ぼくは父さんと、ファーマー先生のむかいにすわった。先生は父さんに言った。

「降誕の作文はとってもよく書けていたので、A評価をつけました」

「いい成績をとれば、夢がかなう」って母さんは言ってたけど、そんなの、うそじゃん。ぼくの夢は、母さんが保護者会にきてくれることだったのに、いい成績をとっても母さんに会えないんだから。

「見てもいいですか」

父さんは感心したみたいに言って、読むふりをした。

「たしかによく書けてますね」

足は机の下のヒーターであたたまってぽかぽかしてるのに、感覚が麻痺したみたいに、父さんにほめられても、うれしいって思えない。先生がなんか言って、父さんが答えて、先生がまたなんか言って、ぼくが答えるのを待ってるみたいにこっちを見た。どうでもよくなって、まったくきいてなかったけど「はい」って答えたら、その答えであってたみたいで、先生はにこっとした。先生が父さんに言った。

「中学は、どちらにいかれますか?」

「グラスミアにいかせるつもりです」

「お姉さんたちとおなじ学校に？」

「姉たち、とおっしゃいました？」

父さんはぼくを見た。先生が言った。

「はい。ふた子の」

父さんは話についていけなくて、「ふた子の……」とくりかえした。父さんがあごをこすって、ひげがジョリジョリいった。先生はこまって言った。

「ローズと……もう一人は、なんておっしゃったかしら」

父さんもぼくも、だまったまま答えない。外では風がビュービュー吹いてる。父さんが言った。

「ジャスはグラスミアです」

本にはときどき、足をけっとばしてだまらせる場面があるけど、先生の足をけるのはやめた。こういうのって、本をまねしても、たいていうまくいかないから。先生は父さんに言った。

「ローズはどちらですか？」

「……もっといいところです」

「私立ですか？」

父さんが、なんかもごもご言った。先生はとまどって、顔を赤くしてだまってたけど、しばらくしてノートをめくりながら言った。

「ジェイミーは、家族のことをよく作文に書いてるんですよ」

先生はぼくのノートを出して、とめる間もなく、父さんにわたしてしまった。父さんは、〝たのしい夏休み〟と〝すてきな家族〟と〝すばらしいクリスマス〟の作文を読んだ。手がぶるぶるふるえてる。先生は、父さんが「よく書けてますね」って言うのを待ってたけど、なにも言わないから、先生はぼくを見て、ぼくは父さんを見て、父さんは呆然と、ローズが生きてることになってる作文を見つめた。

つぎの人がきたのか、ドアのむこうで音がした。先生はせきばらいをして父さんに言った。

「かしこいお子さんですし、よい成績もとってるのですが、べつのことを考えてぼんやりしてることがよくあります。交友関係も、もっとひろがるといいんですけど。学校では、いつもスーニャといますね」

「ソーニャとですか」

そのとき、だれかがドアをノックした。先生はドアにむかって「どうぞ」って声をかけてから、父さんに言った。

「ソーニャじゃなくて、スーニャです」

ノブがガチャッて動いて、ドアがあいた。先生はにこにこしながら言った。

「ちょうどスーニャがきたみたいです」

すわったままふりむくと、Tシャツが汗でじとってなった。スーニャのお母さんは教室にはいりながら、なまった発音で言った。

「ジェイミーじゃない！　元気にしてた？」

16 くだらないショー

天井の明かりが、二つの白いヒジャーブをてらしている。

突然、父さんが立ちあがった。

「息子を知ってるのか？」

褐色の顔が恐怖にゆがむ。父さんが、机をバンッてたたいた。ノートの山がくずれてカップがたおれて、重要書類っぽい紙の上にコーヒーがこぼれる。先生はおびえた犬みたいな声を出して、ぼくが悪いみたいににらんだ。

「あの……」

スーニャのお母さんが言いかけた。ぼくがほんのちょっと首をふったら、スーニャのお母さんはわかってくれた。

「息子さんのことは知りません」

ぼくは〈ありがとう〉のつもりで、ゆっくりまばたきした。ちゃんとつたわったかな。

にどなった。

「もういこう」って、小さな声で父さんに言ったけど、父さんはまた、スーニャのお母さん
「いま、『元気だった？』って言っただろ」

父さんがスーニャのお母さんに近づく。スーニャのお母さんはあとずさりして、スーニャ
の肩をつかんだ。

先生が立ちあがって、手を胸もとにやって、「マシューズさん、おちついて」って、かん
高い声で言った。でも、父さんはそれをかき消すように言った。

「どこで、おれの息子に会った？」

スーニャのお母さんは、スーニャの肩をつかんだまま、もう一歩あとずさりした。

「どこで会ったかってきいてるんだ！」

スーニャが、お母さんの手をふりはらって口をひらいた。

「サッカーの試合です」

スーニャはむじゃきな顔で、しずかに言った。こんなうそを思いつくなんて、スーニャっ
てすごい！　でも父さんは大声で言った。

「子どもにはきいてない！」

スーニャのお母さんも頭にきて、ピクッとあがったまゆがヒジャーブの中にかくれた。

「娘にどならないでください！」

血走った目で、もみ手をしながらヒヒヒと笑う悪役みたいに、父さんは意地悪く笑ってから言った。

「外人が、えらそうに」

「外人じゃないよ！」って言いたかったけど、父さんのようすはふつうじゃないからだまってた。

先生は「校長をよんできます」って言って、ドアをバンッてあけて教室をとびだした。

「おれの娘は、イスラム教徒に殺されたんだ」

父さんは自分を指さした。父さんにとびついて腕をつかもうとしたけど、ふりはらわれた。父さんは、人さし指で自分の胸を何度もついた。

「イスラム教徒に！」

「そんな……」

スーニャのお母さんはおびえて、声がふるえている。家に遊びにいったとき、くるくるストローをさしたチョコミルクシェイクをくれたのに、そんな親切な人にどなるなんてひどいよ。

「ほんとうに神を信じている人は、ぜったいにそんなことはしません。『神のため』と言って人を傷つける人は、イスラム教徒では……」

「うるさい！」

父さんは怒りにふるえて、顔がまっ赤だ。こめかみからほおへと汗がつたう。父さんがまたどなりだした。

「イスラム教徒はみんなおなじだ。おまえたちテロリストのせいで……」

スーニャのお母さんは、ひっぱたかれたみたいに顔をそむけた。

スーニャはこぶしをにぎりしめて、かべの前に立っていた。かべは、銀紙を切りぬいてつくった雪の結晶でかざられている。左手に天使、右手には、黒い袋をしょった赤い上着のサンタがいる。プレゼントの袋もおなかも大きくて、はちきれそうだ。マリアは青、ヨセフは茶色、イエスは、〈こんな肌の人いないよ〉っていうようなピンクの厚紙を切りぬいて、かべのまん中にはってあった。スーニャはクリスマスを祝わないから、プレゼントもごちそうもないし、〝すばらしいクリスマス〟の詩も四行しか書けなかったのに、そんなスーニャがクリスマスのかざりの前に立ちつくしてるのを見たら、胸がしめつけられた。

父さんがどなって、風がガタガタ窓をふるわせて、コーヒーがポタポタたれて床にたまって、でも、どんな音もきこえないくらい、頭の中にスーニャの言葉がひびいた。「わたしも、ふつうの家がよかった」って。いますぐスーニャのとなりにいって、こぶしをひらいて指輪をはめてあげて、「ふつうなんてつまらないよ」って言えたらいいのに。

スーニャの左目に涙がうかんで、父さんが「最低の家族だ」って言った瞬間、涙は雨粒ぐらい大きな銀のしずくになった。

スーニャに「最低の家族だなんてうそだよ」って、「みんなとおなじなんてつまらないよ。ちがうからいいんじゃん」って言って、それから「スーニャを泣かせるな」って、父さんをなぐるところを想像したら、ほんとにできるかもって一瞬思った。でも、やっぱりできなくて、教室のまん中でじっとしていた。胸がドキドキして、体がふるえて、Tシャツの中で体が急にちぢんで、小さな子どもにもどった気がした。

そのとき、校長先生がピカピカのくつを鳴らしながら教室にはいってきた。

「なにか問題がありましたか?」

スーニャのお母さんは、ヒジャーブをかぶった頭しか見えないくらい深くうつむいて、なにも言わなかった。顔をあげてほしくて、目でごめんなさいって言ったけど、うつむいたままだ。

「なんでもありません」

父さんが言った。それから、この五分間の騒動はなかったみたいに、校長先生にうなずいて、ぼくの手をつかんで教室を出た。廊下を歩くあいだも、父さんは手をはなさなかった。

つめが手のひらにくいこんで痛い。ぼくの災難は、まだつづきそうだ……。

ぼくたちは、車の中でひとこともしゃべらなかった。タイヤがすべって雪がとびちる。家に着いた瞬間、「先にはいってろ」って父さんが言った。ぼくは車をとびだして、すべりながら、凍った地面を走って家の中にかけこんだ。居間では、ジャスとレオがソファーで横になっていた。二人とも顔がまっ赤で、黒い服がしわくちゃになってる。

「保護者会じゃなかったの⁉」

ジャスが言った。

「もう終わった。父さんも車にいるよ」

外を指さしたら、ジャスは「えぇー！」って言いながら、レオをソファーから追いたてた。玄関で足音がする。ぼくはジャスの手をひっぱって、「早くしなよ」ってせかした。レオはくちびるのピアスをかみながら呆然としてる。

足音がとまった。ジャスが小さな声で言った。

「早くかくれて！」

ドアノブがガチャッて動いた。レオがソファーのうしろにとびこんだ瞬間、父さんがはいってきた。

暗くてせまい場所って、死んで土にうめられたみたいでこわいから、ぼくはかくれんぼのとき、ついドアのうしろとかにかくれて、すぐ見つかっちゃうけど、レオはぼくよりひどかった。ツンツンした緑の髪と黒いブーツがソファーからはみだしてて、これじゃまる見えだ。父さんはすぐ、レオに気づいた。父さんはまっ赤になって、頭から湯気を立ててどなった。

「立て」

レオは自分に言われたのがわからなかったみたいに、しばらくのあいだ動かなかった。息をとめて目をとじて、うずくまってる。そうすれば見えないと思ってるみたいに。父さんはソファーに近づくと、レオのTシャツを乱暴につかんで立たせた。

「出てけ！」

「レオにどならないで」

ジャスが言った。父さんはふるえる指で天井をさした。

「うるさい！　おれの家で指図するな」

つぎの瞬間、レオは居間をとびだしていった。

「二度とくるな。ジャスにも、もう会わせないからな！」

父さんは乱暴にドアをしめた。古い家族写真が落ちて、額がわれた。ジャスはものすごくおこって、手をふりまわした。

「父さんの思いどおりにはならないから」

「そうか？　おれが『帰れ』って言ったら、すぐ帰ったぞ」

それから父さんは、ぼくのほうをむいて言った。

「おまえはローズが好きか？」

「うん」

ぼくはすぐ答えた。父さんが一歩近づく。

「じゃあ、ローズがなんで死んだかおぼえてるか？」

低い声でしずかに言うのが不気味で、つばをのみこもうとしたけど、口がからからだ。

ぼくはうなずいた。父さんは、怒りをおさえようとするみたいに目をとじたけど、突然、ソファーをけった。

「うそつけ！　そんなわけないっ！」

ぼくは、かべに体をおしつけた。父さんがクッションを投げた。クッションがあたって、ライトのかさがゆれて音をたてた。ぼくは言った。

「うそじゃないよ」

こっちに突進してくる父さんを見たら、立っていられなくてひざをついた。暖炉の上の壺がゆれてカタカタ鳴った。ｉＰｏｄの音量をあげたみたいに、父さんの声が耳にわんわんひびいた。

「だったら、なんであの子となかよくするんだ?」

ジャスが、すっとそばにきた。

「父さん、もうやめて」

ジャスは泣きながら、ふるえる手をぼくの肩にまわした。父さんはジャスのほうに身をのりだした。

「ジェイミーはな、イスラム教徒とつきあってるんだ!」

ジャスはぼくの顔を見た。でも、ショックを受けたりおこったりしないで、〈へぇ、そうなんだ〉って顔をした。それから、いいじゃんっていうみたいに、父さんに気づかれないように、ぼくの肩をだく手にぎゅっと力をこめた。

父さんは、口から泡を飛ばしながら言った。

「やつらはテロリストだぞ!」

でも、テレビで見た犯人は全員おとなの男で、スーニャみたいな女の子はいなかったよ。テロリストなわけないじゃん。そう言おうとしたけど、そのとき父さんが、ぼくの頭のすぐ上のかべをたたいて、それで、なにも言えなかった。

ぼくはうずくまって、顔をひざにおしつけた。でも、どんなに強くおしつけても、父さんの声はきこえた。父さんは泣きじゃくりながら鼻声で言った。

「おまえはローズのことで泣かないよな」

そう言われると、なんか、ぜんぶぼくが悪い気がする。泣こうとして目をつついたけど、涙は出ない。

「ローズを愛してないいんじゃないか」

急に、父さんの声が小さくなった。指のすきまからのぞくと、父さんは暖炉のほうに歩いていって壺を見つめた。

「愛してないから、あんな作文を書いたり、イスラム教徒となかよくしたりできるんだ」

父さんはふるえる手で壺をにぎりしめた。壺に、汗ばんだ手のあとがつくのが見える気がした。

「やつらのせいで、ローズは……」

父さんはもうおこってないみたいだけど、ベンおじさんを亡くしたスパイダーマンみたいに、ものすごく悲しそうだ。ジャスがまた、しゃくりあげている。ぼくもあんなふうに泣けたらいいのに。

あたりがしずかになった。ようやく終わった……。でも、なんか言ったらどなられるかもしれないから、時計の針がまわるのを見ながら、かべに背中をつけてじっとしていた。手がじんじんして、頭がガンガンする。

三分三十一秒後、父さんは暖炉に壺をもどして、目をぬぐいながら居間を出ていった。グラスがなにかにちょっとあたって、缶ビールをあける音がした。ジャスが、ぼくをひっぱって立たせた。

「部屋にいこう」

出窓の前にすわって空を見あげると、ふた子座と獅子座が見えた。星が雪をてらしている。ぬれた草はきらきらしてダイヤみたいだ。

「今日のふた子座の運勢は最悪だったけど、こんなにひどいとは思わなかった」

窓ガラスがジャスの息でくもる。ジャスは、そこに大きく〝J〟って書いて、小さな字で、自分の名前の残りを書いた。それから、おなじ〝J〟のあとにぼくの名前を書いた。にじんでくっついた文字がカッコいい。

「だいじょうぶ？」

「うん」って答えると、ジャスが言った。

「母さんに会いたいな。こんなとき、そばにいたらね」

ぼくもおなじこと考えてたよ！　ぼくは床を見ながら、小さな声で言った。

「今日、母さん、こなかったよ」

ジャスは窓にもたれて言った。

「そうかなって思ってた」

ぼくは、つま先をカーペットにぐりぐりおしつけた。

「たぶん高速が渋滞してこれなかったんだよ。母さん、渋滞がきらいでしょ？　途中であきらめて帰ったんじゃないかな」

ジャスはピンクの髪をいじりながら、「かもね」って言った。ぼくもジャスも、おたがいの顔を見ようとはしなかった。きのう、ジャスと母さんの話をしたとき、胸がざわざわしたけど、息を吹きかけても消えないパーティー用のいたずらのろうそくみたいに、あの気持ちがもどってきて、なぜかわからないけどこわくなった。

沈黙がつづいた。窓の外に赤茶色のすがたが見えた。ロジャーがしのび足で庭を歩いてる。雪についた足あとがきらきらとかがやく。ロジャーは凍った池をのぞいた。ぼくの金魚は元気かなって考えてると、ジャスがため息をついた。

「レオ、おこってるかな」

ぼくはクッションについた糸をとりながら、「スーニャも」ってつぶやいた。それから笑顔をつくって言った。

「父さんは、ぼくたちがきらいなんだね」

ジャスはひたいにしわをよせて、「うん……」って言った。

「母さんも」って言ってから、「なーんて、冗談だよ」ってつづけようとしたら、ジャスはなんか考えてるみたいに、ひざにあごをのせて、まじめな顔をした。

「小さいとき、クマのぬいぐるみを五つ持ってたの。エドワード、ローランド、バーサ、ジョン、バートっていってね……」

なんで急にクマの話？　ぼくは、ためらいながら言った。

「ぼくは、バーニーっていうクマを持ってたよ」

ジャスは、くもった窓ガラスに、指で五本、線をひいた。ときどきつめをかむから、黒いマニキュアがはがれてる。ジャスはつづけた。

「どの子も好きだったけど、いちばんは目がとれてたバートで、でも、スコットランドのおばあちゃんちにいったとき、バスにおいてきちゃって、結局見つからなかったんだ」

ロジャーは獲物を見つけたのか、しげみにはいっていった。狩りをやめさせたくて、ぼくは窓をたたいた。

「すごくショックで、何時間も泣いたんだよ。でもロンドンに帰って、ほかのクマたちを見たらほっとして……」

ジャスは線を一本消して、残った四本を見つめた。

「バートをなくした分、残った四匹がまえよりたいせつに思えたの」

なにが言いたいのかわからなくて、だまってたら、ジャスが言った。

「クマたちもそうなんじゃない？　残された者どうし、すぐにはそう思えなくても、悲しみが癒えたら……」

クマじゃなくて、ぼくたち家族のことを言ってるのかな？　わからないけど、ジャスが姉さんじゃなくて小さな妹みたいに見えたから、元気づけたくて「そうだよ」って言った。

ジャスは体育ずわりをして言った。

「ほんとにそう思う？」

ぼくは、もちろんっていうみたいにうなずいた。

「じゃあ父さんたちは、ローズだけじゃなくて、ほかのことも考えられるようになって、そのままのわたしたちを愛してくれて、母さんも家にもどってきて、ぜんぶうまくいくね」

ジャスはこわばった笑顔で、いっきに言った。

「ぼくたちで、母さんをつれもどそうよ！　そしたら、ぜんぶうまくいくから」

ぼくは出窓からとびおりて、枕の下から、くしゃくしゃの封筒をひっぱりだした。封筒には、タレントショーの案内がはいってる。いままで何度言っても、ジャスは読んでくれなかったけど、今度は、くだらないとか言わないで最後まで読んで、ぼくの計画をきいてくれた。

「父さんと母さんがぼくたちの歌をきいたら、手をにぎりあうくらい感動するよ」って言ったら、ジャスは、ありえないとか言わないで、「だといいね」って、父さんと母さんがだきあうのを思いうかべるみたいに目をとじた。ぼくは言った。

「タレントショーに出よう！　オーディションは三週間後だから、準備(じゅんび)の時間はたっぷりあるよ」

ジャスの顔が急に苦しそうにゆがんだ。黒いアイシャドーをぬったまぶたをとじて、ジャスは言った。

「もう、父さんのこと、どうしたらいいかわからないの。だって……」

ジャスは深く息をすって、ふうって、はいた。

「飲んでばかりだし」

それって、ホットライビーナとかじゃなく、お酒のことだよね。父さんが、はくまでお酒を飲んで、そのたびにまたかって思うけど、これまで、ぼくもジャスもそのことを口に出して言ったことはなかった。ジャスが目をつぶっててよかった。どんな顔をして、どんなふうにきいたらいいかわからないくらい、重い言葉だったから。

「わたしだって子どもなのに、もうむりだよ……」

それからジャスは目をあけて、おこってるみたいに言った。

「そのくだらないショーにほんとに出たいの？」

ぼくはうなずいた。しばらくしてから、ジャスは言った。

「じゃあ、出よう」

17 夜の庭

クリスマス休暇まえの一週間は最悪だった。スーニャは口をきいてくれないし、ダニエルはぼくの顔に雪玉をぶつけて、Tシャツの中に氷を入れてきた。それに、みんなクリスマスカードをもらってるのに、ぼくは一通ももらえなかった。ともだちにクリスマスカードを書いて図書室のポストに入れると、毎日、授業が終わったあと、赤い帽子をかぶった校長先生が教室にきて、「ほぅ！　ほぅ！　ほぅ！」って、サンタのふりしてくばるんだ。

ライアンとダニエルはいっぱいもらってて、スーニャも、けっこうたくさんもらってた。スーニャは休み時間はいつも一人でいるのに、へんだなって思ったら、どれもA４の紙にサインペンで、〝バットマンより〟とか〝シュレックより〟って、スーニャの字で書いてあったんだよ。このまえは筆箱のとなりにカードをおいてたから、まる見えだった。差出人はグリーンゴブリン……って、スパイダーマンの敵じゃん！

スーニャは、まえはよくジャスが誕生日にくれた鉛筆をつかってたけど、いまはつかってくれないし、保護者会のあとは口もきいてない。「ジャスとタレントショーに出るんだ」って言って、歌とダンスを見せたいんだけどな。それから、「〝一月五日にマンチェスター・パレスシアターにきてね〟って母さんに手紙を書いて、父さんには書きおきするつもりなんだ。ショーが終わったら、母さんは家にもどってきて、父さんはお酒をやめて、ローズが死んだことはわすれちゃうよ」って言いたいし、「ぼくとスーニャがいっしょにいても、幸せになった父さんは、いまみたいに猛反対しないだろうし、母さんは『いいじゃない。二人の自由よ』って言うと思うんだ。スーニャが遊びにきたら、みんなでトロピカルふうのピザを食べて、そしたら二人とも、スーニャがイスラム教徒だなんてわすれちゃうよ」って言いたいのに。

あさってはクリスマスイブだ。二十四日と二十五日と二十六日は配達がないから、今日カードがとどくかも。そう思ったけど、寄付のお願いの手紙しかきてない。〝クリスマスの七面鳥を食べるあいだ、世界には飢えに苦しむ人がいることを思い出してください〟って書いてあるのを読んだら、悲しくなった。今年は七面鳥はないけど、ジャスがつくるチキンサンドでよければ、それを食べながら、恵まれない人のことを考えよう。

母さんのプレゼントは、明日とどくんじゃないかな。玄関マットの上に大きなプレゼントがあって、カードには、青いペンで〝ジェイミーへ　クリスマスおめでとう！〟って大きく書いてあって……。そんなことを考えて気持ちをもりあげようとしたけど、胸がざわざわして、こわくなった。ときどき、あの不安な気持ちがもどってくる。

このまえファーマー先生に、「先生は休みをとるとき、どれくらいまえに校長先生に言わなきゃいけないんですか」ってきいてみたんだ。先生は、あんなことになったのはあなたのせいよっていうみたいに、コーヒーのしみがついた天使のかざりを見て、めいわくそうに言った。

「ほんとうにたいせつな用事なら、すぐに休めるけど。くだらない質問はやめて、外で遊んでらっしゃい」

ほんとうにたいせつな用事なら……。授業中、その言葉が頭をはなれなくて、頭の中をぐるぐるまわって、くらくらして集中できなかった。作文は一行も書けなかったし、計算問題も解く気になれなくて、適当な数字を書いた。美術の時間に子羊を描いたら、羊飼いより大きくなって、イエスをおそいにきたモンスターみたいになった。

降誕劇ではなんと、はじめて人間の役がもらえた。ヨセフとマリアが宿屋をさがす場面で、「うちは、あいにく部屋がいっぱいです」って言う宿屋の主人だよ。でも、ジャスは学校だし、父さんは保護者会のあと、毎日お酒を飲んでつぶれてるから、だれも観にこなかったけど。

マリア役のスーニャは、宿屋をさがすあいだじゅう、おなかをかかえて、ほんとに赤ちゃんを産むみたいにうなってた。最後のリハーサルのとき、とうとう先生は、ウーウー言ってるスーニャをいすから立たせた。

「マリアは、ほかの人にやってもらいましょう」

スーニャは舞台のうしろで四つんばいになって、雄牛の役をすることになった。

明日からクリスマス休暇だから、今日はぜったいにスーニャと話そう。でも、なんて話しかけたらいいかわかんないや。それで算数の授業中、スーニャが見てないすきに、いすの下めがけて鉛筆を飛ばして、「とって」ってたのもうとした。でも……。

「ジェイミー！　とがったものを投げてはいけません！　だれかの目にあたったらどうするの」

先生に見つかって、「外で反省しなさい」って、廊下に出されちゃった。鉛筆は先がまるくなってたし、下にむけて飛ばしたから、けがするわけないのに。見えないくらい小さな人間がうろちょろしてたら、そうなるかもしれないけど。

「もどっていいわよ」って言われて席につくと、鉛筆はまだスーニャの足もとにあった。でも先生のせいで、わざと投げたってわかっちゃったから、鉛筆はそのままにしてペンでグラフを書いた。あとでまちがいに気づいたけど、消しゴムで消せないからそのまま出した。これで成績がさがってもいいんだ。「学校なんてどうでもいい」って、ジャスが言ってたとおり、いい成績をとってもなにも変わらないから。

授業が終わって、「学校は一月七日からよ。じゃあ、みんな、メリークリスマス！　それから、よいお年を！」って先生が言った。スーニャとなかなおりするきっかけをさがして教室に残ってると、みんなどんどん帰っていった。

スーニャは、ゆーっくりしたくしてる。教科書をきちっとそろえて、サインペンのふたがしまってるかたしかめて、虹の色の順にケースにしまって……。もしかして、ぼくが話しかけるのを待ってるのかな。

スーニャはハミングしてる。「人が話してるときは、じゃましちゃダメ」って、おばあちゃんが言ってたのを思い出して、だまってスーニャを待った。ヒジャーブからところどころ髪がはみだしていて、それが目にかかるたびにスーニャは手ではらった。「スーニャの髪ってツヤツヤしてて、すごくきれいだね」そんなせりふが頭の中をぐるぐるまわった。でもなにも言わないうちに、スーニャは教室を出て廊下を走りだした。

ぼくはスーニャを追いかけた。スーニャが校舎をとびだす。

「待ってよ！」

早くとめなきゃって、必死でさけんだら、スーニャは立ちどまってふりかえった。あたりはもう暗くなっていて、だれもいない。オレンジ色の街灯の下で、スーニャのヒジャーブは炎(ほのお)みたいにかがやいてる。「メリークリスマス」って言いかけた瞬間(しゅんかん)、思い出した。スーニャはクリスマスを祝わないんだっけ。それで、こう言った。

「冬休み、楽しんでね！」

スーニャは、なんだかこまってるみたいだ。まさか、イスラム教徒には冬休みもないとか⁉　スーニャがあとずさりした。このまま遠ざかっていったら闇(やみ)に消えちゃいそうで、なんか言わなきゃって思って、とっさにさけんだ。

「ラマダンおめでとう！」

スーニャが立ちどまった。ぼくは走っていって手をさしだして、「ラマダン、楽しんでね」って言った。

空気が冷たくて、口をあけるたびに息が白くなる。スーニャがじーっと見つめてきた。ぼくはうれしくなってにっこりした。そしたらスーニャが言った。

「イスラムの断食(だんじき)の月のこと？　とっくに九月に終わったけど」

え、そうなの⁉　へんなこと言って、おこらせちゃったかな？　でもそのとき、スーニャの目がきらっとして、くちびるのはしのしみがほっぺにかくれて、いまにも笑いだしそうな顔になった。スーニャの手がちょっと動いた。ブレスレットが鳴った。ぼくはふるえる手をさしだしたまま、スーニャが手をのばして、ぼくの手にふれるのを待った。あと二十センチ。十センチ。五センチ……。

そのとき、車のクラクションが鳴った。スーニャがビクッとして息をのんだ。

「母さん！」

スーニャは突然、砂利がまいてある雪の上を走りだした。スーニャが車に乗りこんで、ドアがバンッてしまって、エンジンがかかる。きらきらした目が、フロントガラスの奥から見つめてる。車が動きだして闇に消えたあとも、ぼくの指はふるえていた。

ジャスはクリスマスに、マンチェスター・ユナイテッドの定規とか消しゴムとか、小さなプレゼントをたくさんくれた。まえにくれた消臭スプレーはつかいきっちゃったから、新しいスプレーも。プレゼントはきれいにつつんであって、サッカー用のくつしたにはいってた。

ぼくは厚紙で写真立てをつくって、ジャスの好きな黒とピンクで、かわいい花もようを描いた。父さんも母さんもローズもいなくて、ぼくとジャスが二人でうつってる写真が一枚だけあったから、それを入れてわたした。ジャスはやせすぎだから、もっと食べたほうがいいと思って、ジャスの好きなチョコもあげたよ。

ぼくたちは『スパイダーマン』を観ながら、チキンサンドと冷凍のフライドポテトを食べた。スパイダーマンがグリーンゴブリンをやっつける場面はよかったけど、誕生日に観たときのほうがおもしろかった気がする。ロジャーは、ぼくのサンドイッチをちょびっと食べた。ジャスは、ぼくがあげたチョコは何個か食べてくれたけど、サンドイッチはぜんぜん食べないで、悲しそうな顔で、何度も窓の外をちらちら見ていた。ぼくが見てるのに気づくと、にこっとしたけど。

母さんからプレゼントはこなかった。父さんはお酒を飲んでるか寝てるかだから、クリスマスってこともわすれてるんじゃないかな。ぼくたちがクリスマスキャロルを大声でうたってたら、うるさいって、二階の寝室の床をたたいてきたけど、それ以外は気配すらなかったし。

九時、だれかが窓をたたいた。ジャスがぼくを見て、ぼくもジャスを見て、二人で窓のそばにいった。ほんの一瞬、母さんかもって思ってしまう。そんなわけないってわかってるのに、ドキドキがとまらない。ジャスの息が耳にかかる。ぼくたちはカーテンをめくった。最初は雪しか見えなかったけど、目が暗闇になれてくると、つもった雪の上にカードがあるのに気づいた。〝大好き〟って書いてある。ジャスがうれしそうな声をあげた。レオからって、ジャスにはわかるんだ。スーニャだったらよかったのに。

ジャスは父さんの長ぐつをはいて、こっそり家を出た。緑のガウンを着たピンクの髪(かみ)のジャスが、雪の中をえっちらおっちらすすんでいくのはおかしかった。窓(まど)ガラスに顔をおしつけて見てると、カードをひろった瞬間(しゅんかん)、ジャスの目がかがやいて笑顔になった。最高のプレゼントをもらったみたいに。このまえ調理実習でケーキを焼いたら、さびついたオーブンいっぱいにふくらんでたけど、ジャスの心も、あのケーキみたいにはちきれそうになってるんだろうな……。

そのとき、いい考えがうかんだんだ！

ぼくは自分の部屋にいって、二時間かけて、ジャスが誕生日(たんじょうび)にくれた鉛筆(えんぴつ)でたくさんの雪の結晶(けっしょう)と雪だるまを二つ描(か)いた。一つはぼく、もう一つは……。ロジャーがそばにきてじゃましてきた。カードにふりかけたラメは、ロジャーのしっぽにもついた。

手紙でなら、いままで言えなかったことも、ぜんぶつたえられるかも。

〝スーニャへ　いつもありがとう。スーニャは笑うと、くちびるのはしのしみがほっぺにかくれるよね。それを見ると、ぼくもうれしくなるよ。このまえは、父さんがひどいこと言ってごめんね。父さんはあんなふうに言ったけど、ぼくはスーニャとともだちでいたい。だから、またブル・タックの指輪をつけてくれたらうれしいな。一月五日に、マンチェスター・

パレスシアターのタレントショーに出ることになったんだ。ショーが終わったら、母さんは家にもどってきて、父さんも立ちなおって、そしたら、ぼくたちがなかよくしてても、なにも言わなくなるよ。タレントショーでジャスはうたって、ぼくはダンスをするつもり。ジャスは歌がすっごくうまいんだ。ぼくもがんばって踊るから、観にきてね！〟

超特急で書いたけど、スーニャにきてほしいこともわすれずに書きそえた。最後はもちろん、スーニャがまだカードをもらってないスーパーヒーローの名前を書いた。〝スパイダーマンより〟って。

さっき、ジャスが寝てるか見にいったら、携帯で話してる最中で、「勝手に部屋にはいんないで！」っておこられた。しばらくしてから、もう一度見にいくと、ジャスは口をあけて寝ていた。手がベッドからはみだしていて、ピンクの髪がぐしゃぐしゃになってる。そおっとドアをしめたら、ウィンドチャイムがかすかに鳴った。

十一時、長ぐつをはいてるとロジャーがきて、赤い長ぐつに毛をすりよせてきた。冒険にいくんでしょっていうみたいに。しのび足で玄関にむかうと、ロジャーは緑の目をらんらんとひからせてついてきた。ロジャーがゴロゴロのどを鳴らす。しんとした家の中では、トラックのエンジンみたいに大きくひびいたから、「シー」って言ってだまらせた。玄関のドアがきしんで、雪をふむたびにザクザクいったけど、だれにも気づかれなかった。

クリスマスの夜に一人で外に出るなんて、はじめてだ。こんなことして、おまわりさんにつかまらないかなって、ちょっと思ったけど……パトカーがやってくる気配はない。あたりはしんとしていて、雪がつもった山の上に月がぽかりとうかんでる。

無限にひろがってるような白い世界を見たらめまいがして、でもなんだかわくわくして、ふふって笑った。ロジャーがびっくりして、〈なに笑ってるの〉って、ぼくの顔を見た。ひろーい世界に、ぼくたちだけ、とりのこされたみたいだ。だれも見てないって思ったら大胆になって、手と腰をふって、くるっとまわった。もっと速くまわると、景色が白くぼやけた。へいの上にとびのって、ずんずん歩く。なんか楽しくって、試合で決勝点を入れたときみたいににっこりした。カードが風で飛ばされそうになる。このカードを見たら、スーニャはよろこんでくれるかな？　〝スパイダーマンより〟っていうぼくの字にキスしたり……なーんて！

そんなことを考えてたら、ほんとに飛べそうな気がしてきた。ぼくは腕をばたばたさせて、へいからとびおりた。片足で着地するまでの一瞬、足が宙にういて、ほんとに飛んでるみたいだったよ。全身に力がみなぎって、コーラみたいに血がぶくぶく泡立ってる。ロジャーがミャアって鳴いた。まだ帰んないのっていうみたいに。「先に帰ってて」って鼻にキスすると、ひげがくちびるにあたってチクチクした。

ぼくはかけだした。風が冷たくて、ほおがぴりぴりする。スーニャの家に着いたときには汗びっしょりで、いきおいあまって、バンッて手を門についてしまった。胸がドキドキして、息がハアハアして、足がじんじんする。真夜中に人の家の庭にしのびこむなんて、ぼくもけっこうやるじゃんって思ったら、うれしくなってにっこりした。ぼくは門の中にはいった。柵をとびこえて、ひらりと裏庭にとびおりる。ほんの一瞬、足が宙にういた。空飛ぶウェイン・ルーニー・スパイダー・バード参上！　台所からサミーのうなり声がしたけど、無敵のスーパーヒーローは、どんなにほえられたってへいきなんだ。

芝生にカードをおくと、小石をつかんで、スーニャの部屋の窓めがけて投げた。でも、石は窓の二メートル下にあたって落ちた。二度目は高く投げすぎて、屋根のむこうまでいっちゃった。本には、よくこういう場面が出てきて、主人公は一発で命中してるのに……。十一回目で、ようやく成功した。あたった瞬間、ダッシュでしげみのうしろにかくれて、スーニャが出てくるのを待った。カードを見たら、スーニャはどんな顔するかな？　でも百まで数えてもまだ出てこない。サミーがうなったりドアをひっかいたりしてるけど、どんなにほえられたってあきらめないぞ。さっきより大きな石を見つけて、もう一度投げてみた。そしたら……。ゴンッ！　石は窓ガラスに命中した。

大いそぎで、しげみにもぐりこむ。枝でほおを切っちゃったけど、痛みは感じない。十三まで数えたところでカーテンがあいて、褐色の顔があらわれた。

部屋の電気がついて、男の人だとわかった。スーニャのお父さんだ。お父さんはうしろをむいて、だれかとちょっと話してから、テラスや芝生や木のあたりをさぐるように見た。サミーはまだうなってる。もしサミーが外に出てきたら、一瞬で見つかっちゃうよ。

お父さんは、芝生の上のカードには気づかなかった。五分くらい、どろぼうがいないかしらべてから、カーテンをしめて電気を消した。しばらくすると、サミーもしずかになった。

足に枝がささって痛いし、ずっとしゃがんでたから右足もしびれてきたけど、出ていってもだいじょうぶだって思えるまでじっとしていた。まばたきするのもわすれて窓を見てたから、目もかわいてきた。最近スーニャは元気なかったけど、このカードを見たら、きっとよろこんでくれるよ。スーニャ、早くカーテンをあけてカードを見て！　このまえ、もうちょっとでふれそうだったぼくたちの手が頭にうかぶ。あのときスーニャのお母さんがこなかったら、手をつなげたのに。

百万年くらい待ったあとで、教会から十二時の鐘がきこえてきた。そろそろ外に出てもよさそうだ。しげみから出るとき、枝がピシピシいって、Ｔシャツのそでがひっかかってやぶけちゃった。カードをひろうと、雪でぐしょぐしょになってる。このままおいてこうかな。それか、郵便受けに入れるか……。家に持って帰ったほうがいいかな……。

そのとき、台所のドアがあいた。走ってにげてもつかまっちゃうよね!? 地面につっぷして雪の中にかくれようか!? 一瞬そんなことを考えて、ドアに背をむけて立ちつくしていた。そしたら、しめった舌で手をなめられて、おもわずビクッとしたら、ふるえる足にしっぽがあたって、足もとにサミーがいた。三つ数えてからふりむく。

スーニャが台所からぼくを見ていた。ヒジャーブは大いそぎでまいたみたいで、いつもみたいにきっちり髪をおおってない。青いパジャマのすそから褐色の足がのぞいている。小さくて、まっすぐで、かわいい! スーニャがぼくを見て、ぼくはスーニャを見た。スーニャはぜんぜんうれしそうじゃない。「きちゃった」って言ったら、「シー」ってだまらされた。

ぼくはスーニャに近づいた。顔が熱くて、あやつり人形になったみたいに体が思うように動かない。カードをさしだしても、スーニャはジャスみたいによろこんでくれなかった。なにかわかってないのかも。

「クリスマスカードだよ。スーニャのために、ラメを超いっぱいつかってつくったんだ」

「わぁ!」「キャー!」「ありがとう!」って、うれしそうな声がきけると思ったのに、スーニャは不安そうにうしろを見てから、「声が大きいよ」って言った。

ぼくはスーニャの手に封筒をおしつけた。中のカードには、スパイダーマンのTシャツを着た雪だるまと、ヒジャーブをつけた雪だるまが描いてある。ぜったいおもしろがってくれるよ！　でも、スーニャは封筒をあけないでパジャマの下にかくして、小さな声で言った。

「帰って」

びっくりして動けずにいたら、スーニャはまた、うしろを見てから言った。

「帰ったほうがいいよ。ジェイミーといるとあぶない目にあうから、母さんが『なかよくするのはやめなさい』って」

「ひどいよ！　そんな……」

おもわず大きな声を出したら、ハロウィーンの夜みたいに、スーニャがぼくの口をおさえて、くちびるが燃えるように熱くなった。そのとき、二階の床板がきしむ音がした。

「早く」

スーニャはぼくをドアの外におしだして、サミーの首輪をつかんで中に入れた。ぼくは雪の中をかけだした。電気がついて、スーニャが台所のドアをしめるのが見えた。さっきみたいに柵をとびこえようとしたら、失敗してころんじゃって、思いっきり体をぶつけてしまった。

18
うたがいの色は黒

一月五日、ぼくたちがタレントショーに出る日がやってきた。いまは朝の五時だ。台所でチョコクリスピーを食べてると、ジャスがはいってきた。ジャスのかっこうを見たら、ものすごくびっくりして、おもわずスプーンを落としちゃったよ。

「一瞬、だれかわかんなかった。ジャスじゃなくて……」

「いいよ、言わないで。それより、ペン」

ペンをわたすと、ジャスは父さんに手紙を書きはじめた。最初は〝タレントショーにきてください。一生のおねがいです〟って書いたけど、必死すぎてひかれそうだから、やめた。二通目は〝こなかったら後悔するよ!〟って書いたら、脅迫状みたいになった。

『オズの魔法使い』に出てくる臆病なライオンみたいに、こわくてたまらない。そわそわして、まるでおなかの中でちょうちょが飛びまわって……。っていうより、タカとかワシとか、『オズの魔法使い』の中でドロシーたちをつれさった、魔女の手下の空飛ぶサルとか、大きくて凶暴な生き物が、おなかの中であばれまわってるみたいだ。

舞台の上で頭がまっ白になって、なにも思い出せなかったらどうしよう。どんどん不安になってきて、ジャスが手紙を書いてるあいだに、歌とダンスをもういっぺん練習することにした。でも、足を高くあげたらジャスの手にあたって、ペンが飛んでっちゃったんだ！　おかしくてふきだしそうになったら、「あとちょっとで書きおわったのに」っておこられた。それが六通目がボツになったときで、結局、ジャスは十回くらい書きなおしたあとで、こう書いた。

〝父さんへ　今日一時から、マンチェスター・パレスシアターでタレントショーがあるんだ。超すごいサプライズがあるよ。きてくれたらうれしいな〟

ジャスは父さんの部屋にいって、ベッドの横のテーブルに手紙をおいて、目ざましを七時十五分にセットした。「さっきみたいにうるさくしそう」って、ぼくは手伝わせてもらえなかったけど。

父さんは、よく昼間にテレビがガンガンついた居間で寝てるから、ちょっと物音がしたくらいじゃおきないってわかってたけど、ぼくたちはしのび足で歩いた。相手がちょっとでも大きな声で話したり、ものを落としたりするたびにドキッとして、「シー」って言いあった。

「父さんをおこさないようにしようね。もうすぐレオがくるから。レオを見たら、またおこりそう」

ジャスはそれが心配みたいだけど、ぼくは、父さんに「タレントショーになんか出るんじゃない」って言われるのがこわい。母さんに帰ってきてもらうには、ぼくたちがタレントショーに出るしかないから。母さんには、十二月二十八日に手紙を出した。だから手紙はとっくにとどいてるし、大学はまだ休暇中だから、仕事もないはずだよ。手紙には、タレントショーの広告をまねして、〝一生わすれられない体験になるよ。マンチェスター・パレスシアターで人生を変えよう！〟って、それから、〝ぜったいに観にきてね。母さんに会いたいよ！〟って、ぼくの気持ちも書いた。

レオがくるのを居間で待ちながら、ジャスは胸に手をあてて苦しそうに息をした。

「これからタレントショーに出るなんて……。星占いも、冒険にはむかない日だって言ってたのに」

ジャスの指がふるえている。ぼくは、「もう一回練習しない？」ってきいてみた。

小さな声でうたいながら踊ってると、目をさましたロジャーがよってきた。歌の一番では、ジャンプしたり、ステップをふんだり、ジャスのまわりを走らなきゃいけないのに、ロジャーはしつこくまとわりついてくる。〈このまえ、ロジャーは悪くなかったのにおこっちゃったし〉って思って、がまんしていた。でも……。ラメできらきらのしっぽに足がひっかかった瞬間、頭にきてにらみつけた。なんで、このたいせつなときにじゃまするんだよ！　ロジャーは、なでてっていうみたいにぼくを見た。でも、ぼくはロジャーをつかんで廊下に出して、ドアをしめた。ドアの外でニャーニャー鳴く声がしたけど、そのうちあきらめていなくなったのか、鳴き声はやんだ。

家の前に青い車がとまるのを見て、ジャスがさけんだ。

「レオだ！」

それから髪をいじりながら、「おかしくない？」ってきいた。「ううん」って答えたけど、ほんとはへんな感じだった。ジャスは髪をローズみたいな茶色にそめて、短い三つ編みにしていて、車に乗りこむとき、よみがえったローズがそばにいる気がした。ふた子だから似ててあたりまえかもしれないけど……。でも、ぼくにとっては、黒い服を着てピアスをつけてピンクの髪をしてるのがジャスだから、花がらのワンピースにカーディガンをはおって、ぺったんこのくつをはいてるのがジャスだなんて思えない。ジャスが着てるのは、母さんが最後に買ってきた服だ。

ぼくは、いつものスパイダーマンのTシャツを着た。これを着てなかったら、母さんががっかりするだろうから。ちょっとでもきちんと見えるように、ウエットティッシュでふいて、スーニャの庭のしげみでやぶいちゃったそでは安全ピンでとめた。

　ジャスを見た瞬間、〈え!?〉っていうみたいに、レオのまゆがピクッとあがった。ジャスが緊張ぎみに、「ショーが終わったらもどすから」って言ったら、レオも安心したみたいだ。

「ジャスはなんでもかわいい！」って、あわてて言った。それをきいたとたん、ジャスはふきだして、そしたらレオも笑いだして、仲間はずれになった気がして、ぼくも二人といっしょに笑った。さんざん笑ったあとで、タレントショーの案内に〝出場できるのは先着百五十組〟って書いてあったから、いそいで出発した。

　山々のあいだをぬけて、丘をこえて、農場を通りすぎて、くねくねしたでこぼこの田舎道をすすんでいくと、朝日が見えた。太陽の方角にすすむあいだは、光につつまれてぽかぽかして、卵の黄身の中にいるみたいだった。世界ってきれいで、希望にあふれてる。そんな気がして、ショーに出るのが急に楽しみになってきた。

　会場に着くと、クリップボードを持った若い女の人が近づいてきた。

「タレントショーの出場者ね？　出しものは？」

「歌とダンスです」ってジャスが答えたら、女の人は、またかっていうみたいにため息をついて、番号札をくれた。そこには、〝受付番号――一一三　予定時刻――一七：〇〇　パフォーマンスの時間は三分です。三分以内であっても、審査員の指示で退場になることがあります〟って書いてあった。かべの時計を見ると、十一時十分だ。

　控室には、たくさんの人がいた。犬に芸をさせてる女の人が五人、帽子からハトやウサギを出してる手品師が九人、チュチュを着た女の子が二十人くらいいて、果物でお手玉をしてるピエロや、タトゥーをして、金歯にくわえたナイフでりんごを切ってる大道芸人もいた。ぼくとジャスは、部屋のまん中に木のいすが二つあいてるのを見つけて、そこにすわった。時間はどんどんすぎていった。ぼくたちは一時間に二回練習した。まわりの人たちは見あきないし、考えることもたくさんあったから、時計を見るたびに三十分くらいたっててびっくりした。

　父さんはもう手紙を読んで、いそいでシャワーを浴びて、きれいな服に着がえたかな？よそゆきのワンピースを着た母さんは、「どこにいくの？」ってナイジェルにきかれて、「あなたには関係ないわ」って答えて、高速道路沿いのガソリンスタンドでお祝いのカードを買ったかも。会場の前で会った二人はびっくりして、でも、「あの子たちったら……」ってうれしそうに握手して、いまごろ前のほうの席でなかよくアイスを食べてるんじゃないかな。ぼくたちの番になって、ローズそっくりのジャスを見たら、父さんはものすごくよろこぶだろうし、スパイダーマンのTシャツを着て踊るぼくを見たら、二人ともぜったい感動するよ……。

そんなことを考えてたら、最高に幸せな気持ちになった。うたいおわって両手をあげたぼくに、だれよりも大きく拍手する褐色の手と、きらきらした瞳を思いうかべたときもうれしくなったけど。

百五番の人がよばれたぐらいから、ジャスの顔が青くなって足がふるえだした。花がらのワンピースにおさげのジャスは、なんだかいつもより小さく見える。まもってあげたくなって、手をうんとのばして肩をだいたら、「ありがと」ってにっこりされた。ジャスの肩はがりがりだ。

「やせすぎだよ。ちゃんと食べないと」

そう言ったら、ジャスはびっくりして、泣きそうな顔になった。ぼく、なんか悪いこと言った？　女の子のすることって、ときどき、わけわかんないよ。

ぼくたちは手をつないで、出番を待った。百八番……百九番……百十番……。もうすぐ百十三番だ。控室の中はだいぶ人が少なくなった。暑いくらいに暖房がきいていて、汗とフェイスペイントと食べものがまざったにおいがする。

百十一番のおじいさんが舞台に出ていった。でも、うたいだしたとたん、音楽がやんだ。

「そこまで」

審査員の声がして、客席から「帰れ！　帰れ！」ってコールがおきる。ジャスはまっ青な顔で、首をふりながらおなかをおさえた。

「やっぱむりだよ。星占いも、今日はやめておけって……」

ドアがあいて、おじいさんが舞台からもどってきて、いすにたおれこんだ。両手ではげた頭をかかえてるから顔は見えないけど、肩がふるえていて、泣いてるのがわかった。テレビの撮影の人がおじいさんを追ってきて、顔をうつそうとカメラを近づけた。

「やめろ！」

おじいさんは、頭がおかしくなったみたいにさけんだ。Ｔシャツやズボンには一面にスパンコールがついてる。この衣装をつくるのに、何日かかったんだろ。なのに、まさか十秒で舞台をおろされるなんて。

ショックを受けてるおじいさんを見たら、ジャスはほんとにこわくなったみたいだ。

「こんなのむりだよ。星占いだって、そう言ってたんだから。ジェイミー、ごめん……。ショーには出れない」

最初は本気じゃないと思った。でもジャスは立ちあがって、〝出口〟って書いてあるドアにむかった。ぼくはさけんだ。

「待って！　いかないで」

ジャスがかけだして、おさげがぴょんぴょんはねた。クリップボードを持った女の人がさけんだ。

「百十二番の方、ステージへどうぞ！」

マイケル・ジャクソンのかっこうをした人が、深呼吸して立ちあがった。ジャスはドアの前に立って、ノブをにぎりしめた。

「ほんとに帰っちゃうの？　母さんや父さんやレオがきてるんだよ！」

そう言ったけど、ジャスはドアをあけた。凍りそうに冷たい風がはいってくる。ジャスは動かない。ぼくはかけよって、ジャスの手をつかんだ。ジャスは青白い顔で、目を見ひらいて言った。

「本気でそう思ってる？」

「うん！　さっき車をおりたとき、『客席で応援してるからな』って……」

ジャスは首をふって、くちびるをきゅっとかんだ。くちびるに血がにじむ。ジャスはそれを指でおさえた。つめはいつもの黒いマニキュアじゃなくて、うすいピンクにぬってある。

「レオじゃなくて……。母さんもきてると思う？」

胸が過去最高にざわわして、なんで母さんの話になると不安になるのか、そのわけがようやくわかった。ぼくたちを愛してるって、百パーセント信じられないんだ。嫉妬の色は赤だったけど、うたがいの色は黒だ。自分の気持ちに気づいた瞬間、部屋がまっ暗になった気がしたから。車で会場にむかってるときは、卵の黄身につつまれてるみたいに希望でいっぱいだったけど、ぼくらの世界はぜんぜんきれいじゃないし、いいことなんて一つもない。誕生日のカードには〝会えるのを楽しみにしてる〟って書いてあったのに、保護者会にもきてくれなかったし……。

でも、今日はもしかしたら……。

「きてるよ」

ぼくはうなずいた。ジャスは、ほとんどきこえないくらい小さな声でつぶやいた。

「クリスマスもこなかったのに？」

ジャスのほおに涙がこぼれる。舞台から、マイケル・ジャクソンの『スリラー』がきこえてきた。胸がしめつけられたみたいに苦しくなる。

「それはきっと……。ぼくたちがよばなかったからだよ」

ジャスは目をうるませて、小さな声で言った。

「わたし、母さんにカードを送ったの。〝クリスマスにはきてね〟って……」

その瞬間、胸がぎゅうっとおしつぶされた。それで、ジャスはクリスマスの夜、何度も窓の外を見てたのか。ジャスは泣きじゃくりながら、つづけて言った。

「〝母さんの七面鳥が食べたい〟って……。そのまえも、何度も手紙を書いたんだよ。〝父さんは一日じゅうお酒を飲んでて、わたしたちのめんどうをみてくれない〟って……。でも一度もこなかったでしょ？　母さんは、わたしたちをすてたんだよ」

　ジャスは話しつづけたけど、おなかがすごく痛くなってきて、頭にはいってこなかった。だれにも愛してもらえない、かわいそうな犬のＣＭが頭にうかんだ。捨て犬の里親になろうっていうＣＭには、段ボール箱に入れてすてられたり、だれも通らない道においてかれたりした犬が出てくる。くらーい音楽が流れて、ロンドンなまりのナレーターが「この犬は飼い主にすてられました……」って、かわいそうな犬の話をえんえんとするから、見ると悲しくなる。どの犬もしっぽをたらして、傷ついた目をしてるんだ。「この犬たちは愛を知りません」って、ＣＭは言ってたけど……。

　ぼくはそんなことない！　ぼくはジャスに言った。

「でも、母さんはぼくたちを愛してるよ」

　そのとき、〈この子は親にすてられました……〉ってだれかの声がきこえてきて、ききたくないのに頭からはなれなくなった。それで、その声をかき消すように言った。

「ぼくたちを愛してるよ！　ぜったいぜったいぜったいぜったい……」

ジャスが首をふったら、おさげが耳の横でゆれて、涙がぼろぼろこぼれた。ジャスはしぼりだすように言った。

「そんなわけないじゃん。わたしたちをおいて出てったんだよ？　わたしの……」

ぼくが耳をふさいだら、ジャスはさけぶように言った。

「わたしの誕生日に！」

ききたくなくて、『スリラー』を大声でうたった。ジャスはぼくの手をつかんで、むりやり耳からはずして、口をおさえてきた。

「愛してたら、娘の誕生日に出てったりしないよ！　それに、一度も連絡してこないじゃない！」

ジャスの手を口からひきはがしたら、怒りがおさえきれなくなって、ぼくはドンと床をけりつけた。

「でも、愛してるよ！」

大道芸人がぼくたちを見て、このさわぎはなんだっていうみたいに首をふった。でも、そんなのどうでもいいし。沸騰した血が体じゅうをかけめぐって、火山みたいに爆発寸前で、大声でどなったり、かべをけったり、なぐったりしちゃいそうだ。

「母さんはぼくの誕生日に、最高のプレゼントを送ってくれたんだよ。愛してるから、送ってくれたんじゃん！」

音楽がやんだ。クリップボードの女の人がさけんだ。

「百十三番の方、ステージへどうぞ！」

ジャスがなにか言おうとした。ドキドキしながら待ってたら、やっぱり言うのはやめたみたいに首をふって、『『愛してるから』ね……』ってつぶやいた。

女の人はいらいらしたようすで、タップシューズをはいたおばあさんや、オウムをつれた男の子や、ぼくやジャスを見た。

「百十三番！　出てきてください！」

ジャスは涙（なみだ）をふくと、自分の服をじっと見て、しわをのばした。

「父さんたちのために、こんな服着ちゃった……。ジェイミーのTシャツだって、母さんのためでしょ？」

ぼくはTシャツのそでにつけた安全ピンをさわった。

「こんなことしたってむだだよ。母さんがナイジェルをおいて、一人でここまでくると思う？　父さんは酔（よ）って寝（ね）てるだろうし」

そう言いながら、ジャスはぼくの頭に手をのせた。胸（むね）のドキドキがおさまっていく。おちつけ、ジェイミー、おちつけ……。ぼくは、ジャスの手の上に自分の手をかさねた。母さんを信じられなかったり、頭にきたり、がっかりしたり……。そんな気持ちはぜんぶ、苦いビタミン剤みたいにぐっと飲みこんで言った。

「でも、きてるかもよ。もう一度だけ、信じてみようよ！」

ジャスは考えてるみたいに、目をつぶった。女の人はペンでクリップボードをたたきながら、ぼくたちをよんでいる。

「百十三番はいませんか？　いますぐ出てきてください！　棄権になりますよ！」

「ジャス、おねがい」って腕にふれたら、ジャスは目をあけて、ぼくをじっと見てから首をふった。

「こんなのむだだから。父さんも母さんもきてないよ。もう、あなたが傷つくのは見たくないの」

女の人は、「百十三番の方はいませんね」って、もう一度、部屋を見まわした。それから、紙に大きなバツ印をつけた。

「ではつぎ……。百十四番の方、ステージへどうぞ」

19 はまらないパズルのピース

その瞬間(しゅんかん)、ショックで立っていられなくて、しゃがんじゃった。そのまま頭をかかえているると、タップシューズの足音がした。百十四番のおばあさんが、ステージにつづくドアにむかっていく。そのとき、ジャスがさけんだ。

「待ってください！　百十三番です！」

一瞬(いっしゅん)、心臓(しんぞう)がとまる。ぼくはジャスを見た。ジャスが手をさしだして、ぼくはその手をつかんで立ちあがった。すごくうれしくてにっこりしたら、ジャスが小さな声で言った。

「母さんも父さんもローズも関係ないよ。出るのは、ジェイミーのためだからね。あと自分の」

ぼくはうなずいて、それから二人で女の人のところまで走っていった。心臓(しんぞう)が胸(むね)からとびだしそうなくらい、ドキドキしてる。女の人はため息をついて、「一度棄権(きけん)になったらだめなんですよ。ほんとは」って言いながら、ドアをあけてくれた。

ドアの外の階段をいっきにかけあがると、突然、光の中に出た。テレビカメラやたくさんの観客が見えた。

ぼくたちがステージにあがると、客席がしずかになった。二人の審査員のうち、男の人はテレビで見たことがあった。その人はぼくのTシャツを見て、あきれた顔をした。

「こちらのスーパーヒーローはどなたかな?」

なんて答えたらいいかわからなくて、「スパイダーマンのジェームズ・マシューズです。ジェイミーってよんでください」って言った。いじわるく笑う声が客席からきこえる。母さんや父さんやスーニャは、笑ったりしてないよね……。ジャスが指をぎゅっとつかんできて、汗でじとっとした。審査員はジャスにきいた。

「きみは?」

「ジャスミン・レベッカ・マシューズです」

「そこは、スーパーガールとかキャットウーマンって答えるとこでしょ」

ジャスの手がふるえてる。それを見たら頭にきて、いじわるな審査員をけっとばしたくなった。

「今日は、なにを見せてくれるのかしら?」

女の審査員にきかれて、ぼくは「歌とダンスです」って小さな声で答えた。男がつまんなそうな顔であくびして、「そりゃ楽しみだ」って言うと、観客がどっと笑った。女が「もう！　だめじゃない」って、男の手をたたいた。でも、口ではそう言いながら笑ってる。ぼくも笑ってスルーしようとしたけど、口がかわいて、くちびるがくっついてだめだった。

みんながしずかになると、女の審査員がぼくたちにきいた。

「それで、なにをうたうつもり？」

ジャスが小さな声で答える。

「『飛びたつ勇気』です」

審査員たちは、「あぁ……」って興味なさそうに言った。男がガクッて机につっぷす。観客はそれを見て、また笑った。

ジャスを見ると、涙を必死でこらえてる。ぼくのためにショーに出てくれたのに、そのせいでこんな思いをして……。そう思ったら、胸がまたきゅうってなった。客席から父さんか母さんがとんできて、審査員の前に立ちはだかって、「うちの子たちをいじめるのはやめてください！」って言ってくれないかな……。でも、そんなことにはならなかった。

「なんでもいいから、とっととはじめて」

男の審査員に言われたとたん、急にやりたくなくなった。あの歌とダンスは、この人たちには見せたくないよ。ぼくたちがどんなによくても、わかってくれないんだから。照明を浴びてると暑くて、Tシャツが汗でじとっとなった。体がいっきにちぢんだみたいに、自分が小さく感じる。もっとカッコいいぼくを見せるつもりだったのに、母さんはがっかりしてるだろうな……。

ぼくたちは、しばらくそのままつったっていた。うたいだすのを、みんなが待ってる。でもCDはないし、審査員から合図もないし、どうやってはじめよう？　客席からブーイングがきこえてきた。母さんも父さんも気づいてないといいけど。どうしようって、まだまよってたら、「帰れ！　帰れ！」ってコールがはじまった。ジャスは手だけじゃなくて体じゅうふるえてる。こんなはずじゃなかったのに。どうしよう……。どうしよう……。

「帰れ！　帰れ！」

客席の声はやまない。波がくだけて浜辺をぬらすみたいに、パニックが一瞬でぼくをのみこんだ。審査員は、ハエを追いはらうみたいに手をふりながらスタッフに言った。

「退場させろ。時間のむだだ」

そのとき、ジャスがものすごい大声で言った。

「待ってください！」

客席の声はぴたっととまった。審査員がおどろいてジャスを見つめる。ジャスは負けずに見つめかえした。もう涙ぐんでないし、ふるえてもいない。公園でいじわるな女の子たちに会ったとき、ジャスはじろじろ見られても負けないでブランコにのって、わたしはわたしっていうみたいに、空を見あげてにっこりしてた。いまのジャスは、あのときみたいにすごくカッコよかった。ジャスがこわくないなら、ぼくだってこわくないよ!

　ぼくたちはうたいだした。

「あなたが笑うと　心は天までとどきそう
あなたの強さが　飛びたつ勇気をくれる
糸につながれ　空をかける　凧みたいに
あなたがいれば　最高の……」

　ジャスが突然、うたうのをやめた。ぼくは歌にあわせて、妖精なのか鳥なのか自分でもわかんないまま腕をばたばたさせて、うしろのほうで走りまわってたから気づかなかったけど、審査員がとめたみたいだ。でも、あのおじいさんよりは長くうたえたよ。終わったって思った瞬間、手がすとんと落ちた。まだふらふらしてる足で、前のほうにむかって歩きだす。このあいだファーマー先生が、マラソンで走るのは四十二・一九五キロで、走ったあとは足ががくがくするって言ってた。いくら走ってもゴールが見えないマラソンみたいに、舞台の前のほうにいるジャスが、はるか遠くに感じたんだ。

「心がふるえたよ。ほんとうにすばらしいパフォーマンスだった。でも、すさまじく下手だったのが……」

審査員はべらべらしゃべってたけど、客席に母さんがいないかさがすのにいそがしくてきいてなかったら、急に指さされた。

「きみはひどかったな！　手をふりまわして走ってたけど、まさかあれがダンスとか言わないよね？」

本気できいてるわけじゃなさそうだから、だまって肩をすくめた。審査員がにやにやしながら腕を組むのを見て、観客がまた笑った。審査員は、今度はジャスを指さした。

「きみの歌はよかったよ。すばらしい声だ。どこで習ったんだい？」

ジャスは、ほめられてびっくりしてるみたいだ。

「小さいころ、母が教えてくれました。五年くらいうたってなかったんですけど」

審査員はないしょ話するみたいに、女の審査員の耳もとでなんか言った。カメラは審査員の顔を撮ったあと、ぼくたちのほうをむいた。観客がなりゆきを見まもっていると、「それはいいわね」って女が言って、男がぼくたちを見てにっこりした。

「もう一度、チャンスをあげることにしたよ」

ジャスがうなずく。ぼくは手をあげて、いつでもばたばたできるようにスタンバイした。

すると審査員が言った。

「へんなダンスはいらないぞ。歌だけでいい。ジャス一人でうたうんだ」

ジャスは、どうしようっていうみたいにぼくを見た。ぼくは、それでいいよってグーサインした。二人で退場になるより、一人でもチャンスをもらったほうがいいでしょ？　それに、ぼくの歌はまあまあだけど、ジャスは天使の歌声だし！　ジャスの歌はすごいって、早く父さんも気づいてほしいよ。

審査員が舞台のはしの階段を指さした。ぼくは階段をおりて、客席にすわった。ジャスが深く息をすった。舞台が暗くなる。ジャスの真上の照明だけついていて、ジャスはまぶしそうに目をぱちぱちさせている。審査員は、ゆったりといすにすわって腕組みした。女の審査員は、あごに手をあてている。前にすすむジャスをスポットライトが追った。審査員が言った。

「準備ができたらはじめて」

ジャスはうたいだした。はじめ、声は小さくてふるえていたけど、だんだんリラックスして口もひらいてきた。とってもきれいな声だ。ローズの遺灰をまきにいったときに、海で見た凧みたいに、歌声はぼくたちの上を流れていった。目で、手で、心で、ジャスは全身でうたってる。

最後の高音をうたいきると、観客が立ちあがった。審査員がすごいいきおいで拍手した。みんな歓声をあげている。ぼくの声がいちばん大きかったけど。いま自分がタレント・ショーに出てることも、たくさんの人やテレビカメラがきてて、たぶん母さんと父さんが見てることも頭からふっとんで、ジャスだけを見ていた。あの歌の意味がはじめてわかった気がして、銀のライオンが胸の中にいるみたいに勇気がわいてきたんだ。

われるような拍手と歓声のなか、ジャスがちょっとおじぎした。審査員がぼくを指さして、ステージにあがってって合図した。ぼくは立ちあがった。スコットランドのバグパイプに息をふきこむとプワーってふくれるみたいに、胸がいっぱいではちきれそうだ。いままでの自信のないぼくとはちがうよ。母さんも客席で見てるかな。

「歌がよくない。選曲ミスだ」

審査員が言うと、客席からブーイングがきこえて、観客はそんなふうに思ってないってわかった。勝手に言ってろって思いながら、ジャスにむかってにこってしたら、ジャスもにっこりした。審査員は話しつづけた。

「このスーパーヒーローは歌の才能はゼロだし、ダンスは問題外だ。ショーに出るより空でも飛んでてくれ」

ジャスがぼくの肩に手をおいた。

「でもジャス、きみの歌は正直……」

審査員はもったいぶって、一瞬だまってジャスの目をまっすぐ見た。

「今日観たなかで最高だよ。二次審査、出場決定だ！」

観客が拍手して、歓声をあげる。「もちろん、ジャス一人で。スパイダーマンはここでさよならだ」って審査員が言うと、観客がどっと笑った。

「じゃあ、つぎの人！」

審査員が言った。ぼくは退場しようと歩きだした。そのとき突然、ジャスが言った。

「出るつもりないですから」

「なんだって？」

審査員がききかえす。立ちどまってふりかえると、審査員は、まゆがピクッてあがるくらいおどろいてる。ジャスは大きな声で、はっきりと言った。

「二次審査には出ません」

観客が息をのんだ。審査員は呆然としてる。

「うそだろ!?　人生変わるくらい、すごいチャンスなのに」

「変えたいなんて思ってませんから」

ジャスは、ぼくの手をぎゅっとにぎった。それから審査員じゃなくて、客席のだれかに言うみたいに観客のほうをむいて、もっと、もっと大きな声で言った。

「ジェイミーをおいて、一人では出れません。家族って、そういうものでしょ」

歓声はいつまでもつづいた。ぼくたちはステージをおりて待合室にもどった。クリップボードの女の人は、あきれたって感じで首をふった。でも、たくさんの人が集まってきて、「よかったよ」「おめでとう」って言ってくれたんだ。そのほとんどはジャスのことだろうけど、すこしはぼくもはいってるよね。ウェイン・ルーニーみたいな超有名人になった気分で、レオみたいにカッコよく握手した。なんだかTシャツがぴったりになった気がするよ。十歳って、体が急に大きくなるのかも。

ぼくもジャスも、なにも言えないくらい胸がいっぱいで、だまってすわってショーが終わるのを待った。一時間くらいして、最後の人がさか立ちしながらオペラをうたいおわると、ジャスが「レオをさがしにいこう」って言った。ぼくたちは待合室を出た。

外は暗くて、雪がふってる。ロビーにはいると、巨大なイヤリングみたいなシャンデリアが見えた。赤いカーペットがしいてあって、階段の手すりは金色だ。勝利は蜜の味って言うけど、ほんとにあまいにおいがしたよ。ぼくはスーニャと、父さんと、それから母さんをさがした。もうすぐ会えるって思ったら、最高にうれしくてにっこりして、ぼくの口は三日月みたいな形になった。

ロビーは人でいっぱいで、ぼくたちは人をかきわけてすすんだ。ショーに出てた子たちだって、みんなわかるみたいで、ぼくたちに気づくと、にっこりしたり、うなずいたりした。男の人がぼくとハイタッチしようとしたけど、タイミングをのがしちゃった。しわがれ声の女の人に、「あなたの歌をきいてたら泣いちゃったわ」って言われたときは、泣くほどひどいって意味かと思って、「うるさい」って答えた。そしたらジャスがお礼を言って、それで、ほめられたってわかったんだ。

ぼくたちはきょろきょろしながら、いそぎ足で歩いた。ジャスは、ツンツンした緑の髪をさがしてるんだろうな。ツヤツヤした黒い髪にかぶったヒジャーブは見えないかな? 目をこらして、めいっぱい首をのばして……。

ぼくたちは同時に立ちどまった。二十メートル先に、そっぽをむいた二人がいる。レオじゃなくて、スーニャでもなくて、他人みたいにだまりこんでるけど、あれは……。

母さんと父さんだ。

「母さん!」

力いっぱいよんだけど、きこえないみたいだから、もう一度さけんだ。

「母さん!!」

その瞬間、ピエロのメイクをした人におしのけられた。

「あなた、すばらしかったわ！」

女の人がピエロの赤い鼻にキスした。

ぼくは背のびして母さんを見た。

黒いブーツに、青いジーンズに、緑のコート。黒いバッグをにぎりしめてファスナーをいじってる手を見たら、ほんとに母さんだって思った。夕食をつくってくれて、寒い日にセーターを着せてくれて、頭が痛いとき、ぼくのひたいにあててくれた手だ。あの手がぼくを布団に入れてくれたし、絵も教えてくれたんだよ。

「うそみたい」

ジャスがつぶやく。ざわざわとさわがしいロビーで、ぼくたちは母さんを見つめたまま立ちつくしていた。

母さんは日焼けして、目のまわりに、いままでなかったしわがあった。髪も短くして、ところどころブロンドにそめていて、こめかみに白髪がある。ずいぶん変わっちゃったけど、そんなのどうでもいいよ。やっと会えたんだから。ぼくはTシャツを手ではらって、ぴんとのばした。目をはなしたすきにいなくなったらこまるから、そのあいだもずっと母さんを見てたんだ。

「どうしよう。気づいたよ」って、ジャスが言った。手をふると、母さんは顔を赤くして手をあげた。それから、そのままふらないでおろした。父さんになんか言ってるけど、父さんは無視してる。

「いくよ」

ジャスがぼくの肩に手をまわした。大きく息をはくのが、服の上からつたわってくる。ぼくたちは母さんのほうに歩いていった。

いつまでたっても着かない気がしたのに、気づいたら母さんの前に立っていた。いろんな気持ちがはじけて、ライスクリスピーがサクサクいうみたいな、にぎやかで楽しい音がきこえてきそうだ。母さん、早くだきしめて、頭のてっぺんにキスして！　スパイダーマンのTシャツ、ちゃんと着てきたよ！　でも母さんは、ちょっとほほえむと、下をむいた。そのあとは床を見たまま、いつまでたっても顔をあげない。

「母さん」ってよんだら、「元気そうね」って言われた。「ひさしぶり」って、ジャスも小さな声で言った。

近づいていって腕をひろげたけど、母さんは動かなくて、でも、もうやるしかないと思って、もっと近くまでよって腕をまわした。まえは母さんの胸のあたりまでしかなかったのに、いまはほとんど肩につきそうで、びっくりした。そんなわけないけど、ぼくの背がのびたんじゃなくて、母さんのほうがちぢんだみたいだ。

ぼくたちは、二秒くらいではなれた。かんぺきな再会にしたかったのに、よそよそしくてぎこちない感じになっちゃった。なんていうか、ジグソーパズルのピースをちがう場所にはめようとしてるみたいな……。そんな気持ちになったんだ。

「とってもじょうずだったわよ」

母さんはそう言って、ほめてくれた。でも、大きな紙に極細の鉛筆で書くと、文字のあいだがすごくあいちゃうみたいに、からっぽの言葉に感じた。

「すごい才能ね」

「ありがと」って答えるのと同時に、「ほんと、きれいな声だった」って母さんがつづけた。ぼくじゃなくて、ジャスに言ってたんだって気づいたら、はずかしくて顔がまっ赤になった。

そのあとは、だれもなにも言わなくて、しーんとなった。

〈母さん、ぼく試合に出てゴールしたんだよ。ハロウィーンには、最高のいたずらを思いついたんだ。父さんはローストチキンをつくってくれたよ。ちょっとこげてたけど、でも父さんが料理するなんてすごいよね。いまの学校の担任はファーマー先生だよ。学校ではいろんなことがあって……。クリスマスに降誕の人形をつくったら、ダニエルの人形に角がついてて、すっごくおかしかった。それから、世界で二番目にすてきな女の子とともだちになったんだ。二番っていうのは、世界一はジャスだから……〉

そんなふうに言いたいのに、言葉が出てこない。なんか言ってくれたら、せめてぼくのほうを見てくれたら話せそうだけど、母さんはだまって床を見てる。

しばらくして、父さんが「そろそろいくか」って言って、劇場を出るとき、ぼくの肩に手をおいて、ぎゅってしてくれた。父さんがこんなことするなんて……。道路は凍っていて、街灯にてらされてオレンジにそまった雪がしずかにつもっていく。

レオの車がぼくたちにクラクションを鳴らしながら、すごいいきおいで通りすぎていった。母さんは緑の髪を見てびっくりして、「知ってる人？」ってきいた。ジャスは、説明できないっていうみたいに肩をすくめた。母さんがいないあいだ、いろんなことがあったもんね。でも、だいじょうぶだよ。母さんには、あとでぼくがぜんぶ教えてあげるから。

父さんがポケットから鍵をとりだしていじりながら、「じゃあ帰ろうか」って言うと、ジャスはうなずいた。

「ジェイミーもいいか」

ぼくは、にこっとした。この瞬間をずっと待ってたんだ。これから母さんはナイジェルに電話して、「あんたはやっぱりクズよ」って言って、ぼくたちと家に帰るんだよ。母さんが言った。

「じゃあ、またね」

そうだった。母さんは自分の車を運転していくから、ぼくたちの車には乗れないんだ！

「ぼくも母さんの車に乗っていい？」

まえに、犬が道にとびだして〈あ、ひかれる！〉って思った瞬間そうなったみたいに、ジャスの肩がピクッと動いた。父さんは、口をむすんで目をつぶってる。母さんは、こまった顔して鼻をさわった。みんな、どうしちゃったんだろって思ったけど、「道案内がいるでしょ」って言ったら、「案内って、ロンドンまで？」ってきかれて、やっとわかった。母さんは、ぼくたちの家には帰らないって……。

「うそにきまってるじゃん。ちょっと言ってみただけ」って笑ったけど、のどのあたりが燃えるように熱くなった。母さんは、バッグから手袋をとりだしてはめた。

「じゃあ、そろそろいくわね。元気そうでよかった」

なにが「よかった」だって、父さんが鼻を鳴らす。母さんはビクッとした。そのときバスが通って、ジャスの足に水がかかった。母さんはバッグからティッシュをとりだして、ジャスにわたした。

ジャスがぼんやりティッシュを見てると、母さんは「それでふいて」って、急にいつものせっかちできびきびした話し方になった。世界一すてきな声だ。ジャスが足をふくのを見ながら、母さんは言った。

「その服、すてきね。ローズみたいで」

ぼくのTシャツも見てほしくて背すじをのばしたけど、母さんは気づかない。

「雪がつもってきたから、いかないと」

父さんが早口で言う。

「またすぐ会えるわよ」って、母さんはぼくたちに言った。たぶん、うそだけど。母さんはジャスの肩にふれて、それからぼくの頭をなでた。

「ほんとに二人とも、よくがんばったわね。じゃあ元気でね」

母さんが歩きだすと、緑のコートがかすかな音をたてた。黒いブーツが、とけた雪の上をビチャビチャすすんでいく。一度も見たことないブーツとコートだから、新しく買ったのかな。いつ買いにいったんだろ。誕生日も、サッカーの試合も、保護者会もこられないくらい、いそがしくしてたんじゃないの？

ぼくは突然かけだした。冷たい空気にあたって、顔を赤くして笑ってる出場者のあいだをぬって、母さんを追いかけた。

「母さん！」

ぼくは力いっぱいさけんだ。

「母さん！」

母さんがふりむく。

「どうしたの？　ジェミちゃん」

そんなふうによばないでよって、大声でさけびたくなった。でも、いまはそれより……。

イタリアンレストランからピザのにおいがしてきた。腹ぺこのはずなのに、胸もおなかもいっぱいだ。ろうそくにてらされた店の中では、ウエイターが話したり、お客さんが乾杯したり笑ったりしてる。ぼくもこんな暗くて寒い道にいないで、あの中にはいりたい。

「どうしたの？」って、母さんがまた言った。ききたいけど、こわくてきけなくて、ドキドキして胸が苦しくなる。でも、ジャスやあの歌を思い出して、勇気をふりしぼってきいてみた。

「明日は仕事？」

「なんで？」

母さんは寒そうに、体の前でコートをぴったりあわせた。仕事がないならもうすこしいてって、ぼくがひきとめると思ったのか、こまった顔して。ぼくは小さな声で言った。

「べつに……。ちょっときいただけ」

母さんは首をふった。

「仕事は数か月まえにやめたの」

地球儀をぐるぐるまわしたみたいに、景色がまわりだす。

「じゃあ、いじわるなウォーカーに言わなくても、いつでも休めるってこと?」

胸がドキドキしてる。「冗談よ。やめるわけないでしょ」って言うんじゃないかって、心のどこかで期待して。やめたって言ってるんだから、そうにきまってるのに、バカみたいだ。母さんは言った。

「だから、もうはたらいてないの。ナイジェルが取材でエジプトにいくことになったからついていって、大みそかにもどったのよ」

それで、こんなに日焼けしてるのか……。

母さんはバッグをあけて、ぼくの手紙を二通、ジャスの手紙を二通とりだした。

「帰ったら、これがとどいてて……」

母さんは小さな声で、もうしわけなさそうに言った。「じゃあ、保護者会もクリスマスもこられなくても、しかたないね」って、言ってほしいみたいに。

「知ってたらきたけど」って言われたけど、ほんとにそうかな……。

もう一つききたいことがあって、でも、そっちはなかなか切りだせなかった。言おうとすると、まわりのビルや人や車がぼやけて、世界がすごいいきおいでまわりだすんだ。でもやっと、道路の水たまりを見ながら、どうにか言えた。

「このTシャツ……」

母さんはにっこりした。

「いま、言おうと思ってたのよ。すてきじゃない」

今日がっかりしたことはぜんぶわすれるくらい、うれしくてにっこりしちゃった。母さんは、Tシャツをつまんで言った。

「ほんとによく似合ってるわ。だれに買ってもらったの？」

20 ロジャー

車の中で、ぼくはずっとだまっていた。家に着いて、「ココア飲むか？」って父さんにきかれたときも答えられなかった。

大地震(おおじしん)がおきて、世界がガラガラとくずれた気分だ。まえにテレビを観(み)てたら、遠くの国で地震(じしん)があって建物がいっぱいたおれてた。あれは中国かどっかだけど、地震(じしん)ってバングラデシュにもあるのかな？　学校がはじまったら、スーニャにきいてみよう。もし、また口きいてくれたら……。〝タレントショーにきてね〟ってカードに書いて、〝待ってるよ！〟っていう字には金色のラメまでふりかけたのに、こなかったってことは、まだおこってそうだけど……。

「父さんがココアつくるって。飲むでしょ」

ジャスにやさしく言われて、ぼくはうなずいた。それから、ロジャーはどこだろと思って、二階にあがった。でも、ぼくの部屋にはいなかった。出窓(でまど)の前にすわると、よれよれのT

シャツを着たぼくが窓ガラスにうつった。

Tシャツを見て、「だれに買ってもらったの？」だなんて、母さんはふざけてたんだよね。それか、自分があげたことをわすれてるんだ。

〈うん、ぜったいそうだ〉ってうなずくと、ガラスにうつったぼくも力強くうなずいた。

母さんはスーパーでもときどき、なにを買いにきたかわすれるし、鍵もしょっちゅうどこにおいたかわすれて、冷凍庫の豆の袋の下から出てきたりするんだよ。それくらいわすれっぽかったら、百三十二日まえのことなんておぼえてないよね。

そんなことを考えてたら、父さんが部屋にはいってきて、湯気が立ってる青いマグカップをわたしてくれた。それから、ぼくのベッドにすわった。酔っぱらってトイレとまちがえたときくらいしか、ぼくの部屋にきたことないのに。

なにを話したらいいかわからなくて、だまってココアを飲んだ。熱くて舌をやけどしそうだ。「おいしいか」ってきかれて、「うん……」って言ったけど、ちゃんとまざってなくて、底のほうで粉がかたまってる。でもココアは熱くて、あまくて、ぼくのためにつくってくれたのがうれしかった。ぼくが飲んでるあいだ、父さんはうれしそうに見ていた。

「明日もつくるよ。カルシウムたっぷりだから、毎日飲んだら、ウェイン・ルーニーみたいに強くなれるぞ」

「うん」

父さんが顔を赤くしてあごをこすると、ひげがジョリジョリいった。父さんは立ちあがって、タレントショーの会場でしたみたいに肩をぎゅってしてくれた。それからカーペットについたラメを足でこすりながら、急にこんなことを言った。

「月曜は現場にいくよ。いまから雇ってもらえるかわからないけどな。そのほうが朝もおきれるし……」

父さんはちょっとだまって、きまりわるそうにせきばらいしてつづけた。

「酒もやめたいから」

消臭スプレーをつかうと、粒子が飛びちってしばらく香るみたいに、酒ってきいた瞬間、それが父さんのまわりをただよってる気がして、そんなの見たくなくて、カップの底に残ったどろどろのココアを見ていた。こげ茶色のかたまりは不思議な形をしてる。星座や手相みたいに、紅茶を飲んだあとカップに残った茶葉の形で未来がわかるっていうから、マグカップをじーっと見たけど、未来は見えなかった。

「飲みおわったか」ってきかれて、ぼくはうなずいた。父さんはカップを持って出ていった。

その晩は、あおむけになったりうつぶせになったり、右をむいたり左をむいたり、いろいろしてみたけどねむれなかった。おなかがきゅうってなって、だんだん暑くなってきて、まくらをうらがえした。母さんは自分であげたのをわすれてるんだって、いくら自分に言いきかせても、そのたびに、そんなはずないって、心がまっ暗になる。

　何か月もまえに仕事をやめたなら、ウォーカーに言わなくてもこれたんじゃん。そんなのぜんぜん知らなかったよ。しかもクリスマスは、ナイジェルとエジプトにいたなんて……。ぼくもジャスも、ずっと待ってたのに。でも……。

　ぼくたちに会いたかったから、マンチェスターまできたんだよね？

なにを信じていいかわからなくて、頭がくらくらする。地震で建物がたおれるみたいに、いままでたしかにあったものが、いっきにくずれた気がするよ。いま地震がおきてるのは、中国でもバングラデシュでもなくて、ぼくの部屋だ。地面がぐらぐらゆれて、なにもかもこわれて、ぼくの人生は変わっちゃった。

「願いごとは、よく考えてからしなさい。あとで後悔するかもしれないから」って、まえにおばあちゃんが言ってた。そんなわけないじゃんって思ってたけど、おばあちゃんの言うとおりだ。タレントショーに出て人生を変えたいなんて、思わなきゃよかった。

　目がさめたら、朝になっていた。窓からさしこむ光がまぶしくて、十二回くらいまばたきしてあくびをした。よくねむれなかったから、なぐられたみたいに頭がガンガンする。

ベッドから出て、ロジャーがいないのに気づいた。いつもはぼくがおきると、しっぽをからませながらすりよってくるのに。〈そういえば、きのうの夜もいなかった！〉って思い出して、窓の外を見た。雪のてりかえしがまぶしくて、木も池もしげみもぼんやりとしか見えない。ロジャーはどこにいるんだろう？

台所のロジャーの皿を見ると、えさはぜんぜんへってなかった。大いそぎで居間にいってソファーやいすのうしろも見たけど、ロジャーはいない。

階段をのぼってジャスの部屋にいくと、薬品みたいなへんなにおいがする。ノブをまわしてはいろうとしたら、「いま着がえてんの！」っておこられた。たぶんうそだけど、目をつぶって言った。

「ロジャー見なかった？」

「きのうの朝、居間で練習してたときに、ジェイミーが廊下に出したじゃない？　あのあとは見てないよ」

その瞬間、タコのぬるぬるした足でしめつけられたみたいに、罪悪感で、おなかがきゅうってなった。

父さんは自分の部屋で、口をあけてすごいいびきをかいて寝ていた。「父さん」ってゆりおこしたら、「なんだ？」って、まぶしそうに腕で顔をかくして、かさかさのくちびるをなめた。くちびるには、かわいたココアみたいなのがついてる。お酒のにおいはしないから、きのうはそんなに飲んでないみたいだ。

「ロジャー知らない？」

「きのう、家を出るまえに外に出したけど」

父さんはそう言うと、また寝てしまった。

ぼくは長ぐつをはいて、ジャンパーを着て、裏庭にいった。

「ロジャー！」

名前をよんでも、ネズミやウサギの鳴きまねをしても出てこない。木にのぼって、おりられなくなったのかなって思って、木の上も見たけどいないし、雪に足あともついてない。池をのぞくと、氷がとけてぼくの金魚が泳いでるのが見えたから、「元気？」ってあいさつした。それから庭を出て、家の前の道をさがすことにした。

いつもは、よんだらすぐ出てくるのに、そんなにおこってるのかな？　日ざしが強くて顔が熱くて、でも足は冷たくて凍りそうだ。物音がするたびに、〈ロジャーだ！〉って思ったけど、そうじゃなくて、鳥だったり、羊だったり、クリスマス用の赤い蝶ネクタイをつけた灰色の犬だったりした。かけよってきた犬をなでてから、ぼくは飼い主のおじいさんに言った。

「かわいい犬ですね！」

「元気すぎてこまってるよ」

ハンチングをかぶったおじいさんは、パイプをすいながら言った。白髪まじりの髪は犬とおなじ色で、ねむそうな二重の茶色い目がやさしそうな人だ。でも、ぼくが「猫をさがしてるんです」って言ったとたん、なぜか目を見ひらいた。

「茶色い猫かい？」

「そうです」って答えたら、いきなり犬がとびついてきた。「フレッド！　やめなさい」ってしかられても無視して、しっぽをぶんぶんふってる。おなかに冷たい前足があたって、くすぐったくて笑っちゃった。

「むこうで見たよ」

指をのばしたおじいさんの顔から、笑顔が消えている。どうしたんだろうって思ったけど、ロジャーの居場所がわかってほっとして、フレッドの前足を地面におろした。

「ありがとうございます」

フレッドはぼくの手をなめて、すごいいきおいでしっぽをふってる。そのとき、おじいさんがふるえる声で言った。

「道にたおれてたんだ」

おこってかくれてるんじゃないってこと？　たおれてたって、まさか……。信じられなくて、首をふった。

「そんなわけない……」

おじいさんは、パイプをかみながら言った。

「ぜんぜん動かなかったから……」

「そんなのうそだよ！」

ぼくは、おじいさんをおしのけてかけだした。すごくこわいけど、ぜったいだいじょうぶだよ。早くロジャーを見つけて、ぴんぴんしてるよって、おじいさんに見せるんだ。たおれて動かないように見えたのは、たぶん……。

五十メートルくらい先に、なにか見えた。雪がつもった道に、小さな赤茶の動物が横たわってる。ロジャーじゃないって口に出して言っても、白い魔女がナルニアを永遠の冬に変えたみたいに、血が凍りそうに冷たくなった。太陽がてって日ざしが暑いはずが、感覚がなくなったみたいになにも感じない。

見にいきたくないのに立ちどまれなくて、どんどん早足になって、ころがるように近づいていった。あれはキツネかなんかで、猫じゃありませんようにって、いっしょうけんめい祈ったけど……。やっぱり猫みたいだ。

あと三十メートル。二十メートル。十メートル……。

それは、血だらけのロジャーだった。しっぽについたラメが、光をうけてきらきらしてる。いくら待っても、ぴくりとも動かない。足はこわばっていて、緑の目はビー玉みたいで、耳はいつもよりとがって見える。

ネズミやウサギの死体はぞっとしても、ロジャーならこわくないかと、一瞬思ったけど……。タコに肺をしめつけられて空気がはいってこないみたいに、何度深呼吸しても息が苦しい。

最後にロジャーを見たのは、タレントショーにいくまえだ。なでてって、ゴロゴロのどを鳴らしてるロジャーを廊下にほうりだして、目の前でドアをしめて、ニャーニャー鳴いてたのに無視しちゃった。出かけるとき、さよならも言わなかった。なのに……。もうさよならは言えないんだ。

血で雪が赤くそまってる。急に強い風が吹いて、ロジャーの毛が寒そうにゆれた。一歩、また一歩前にすすむと、歯がガタガタ鳴って、息をすおうとするたびに肩があがったりさがったりした。あと二メートルってとこで、それ以上歩けなくなって、ひざをついてしまった。そのままゆっくり、ゆっくり近づく。心臓が胸からとびだしそうなくらいドキドキしてる。

ロジャーのおなかはさけて、骨が折れたみたいに、へんなふうに前足がまがってる。ぼくの腕からとびだしたり、庭をかけまわったり、しげみにずんずんはいっていったりした、あの力強い足が、こんな……。

なんとかしなきゃと思って手をのばしたけど、指が毛にふれた瞬間、やけどしたみたいにビクッとした。息できなくてたおれそうだ。死んだネズミやウサギを見つけたときみたいに、何度手をのばしてもさわれない。なぜかそのとき、体がばらばらになって死んだローズのことが頭にうかんだ。のどが焼けるように熱くなって、口がからからにかわいて、つばが飲みこめない。

何度も何度も手をのばして、六回目でようやくさわれた。ふるえながら、汗でしめった手を背中の毛にうずめた。こうしたら、いつもあたたかくて、心臓がドックドックって動いて、のどを鳴らすと胸のあたりが動いてたのに、いまは、ひげもしっぽもだらんとして、目もうつろで。ロジャーの命は、どこにいっちゃったんだろう。

凍りそうに冷たかったほおが、かあっと熱くなる。「大好きだよ。きのうはごめんね」って頭をなでた。ロジャー、いつもみたいに鳴いてよ……。

そのとき、タイヤのあとに気づいた。急ブレーキをかけてすべったようなあとが、雪の上にはっきり残ってる。

その瞬間、怒りがこみあげてきた。大声でさけびながらタイヤのあとをふみつけて、けって、つばをはいて、ほてった手で雪をつかんで投げた。それから地面にひざをついて、タイヤのあとをこぶしでたたいた。痛みを感じる一瞬だけ、悲しいことをわすれられる気がして、血が出てもなぐりつづけた。

タレントショーにいかなかったら、こんなことにはならなかった。それか、きのうの夜ちゃんとさがしてたら……。でも、母さんのことで頭がいっぱいだったし、ロジャーは家にいると思ってたから、さがさなかったんだ。もし、いないのに気づいて外を見にいってたら、きっとロジャーはすぐに走ってもどってきて、月の光を受けてきらきらとかがやく毛をぼくの長ぐつにすりよせたのに。

そんなことを考えてるうちに、目の前のロジャーの体がこわいと思わなくなって、ふるえる足で立ちあがった。ロジャーをだきしめたい。千回か百万回くらいなでて、二度とはなしたくない。大好きだよって、生きてるときにもっとつたえておけばよかった。

〝聖なるもの。取扱注意〟って書かれた箱をはこぶときみたいに、そっと持ちあげたら、頭がガクッてなったから、肩にのせた。ぎゅうってだきしめて、頭をなでて、赤ちゃんをあやすみたいにやさしくゆすって……。

さよならなんて、できないよ。そう思ったら、のどやほおだけじゃなく目のあたりまで熱くなって、こみあげてきたなにかがあふれて……。気づいたら、ぼくは泣いていた。きらきらした粒が、あとから、あとから、赤茶色の毛の上に落ちた。この五年間、一度も悲しくて泣いたことなんかないのに。涙がとまらなくて。

21 それぞれのさよなら

ひと晩じゅう外にいたせいで氷のように冷たくなったロジャーを、ジャンパーの中に入れて、顔だけ出してチャックをしめた。風が吹いて、雪もふりだしたけど、これで寒くないでしょ？　そっと顔にキスすると、ひげがチクチクした。涙でぼんやりとしか見えない。でも、凍ったところをふんでころばないように、気をつけながら歩いて家にむかった。

「タレントショーで、ジャスの歌すごかったんだよ。きいてたら勇気がわいてきて、あの歌の意味がはじめてわかった気がしたんだ。きのうはひどいことして、ほんとにごめんね。母さんに感心してほしくて、そのことで頭がいっぱいになっちゃって……。会場で母さんに会ったけど、あんまりうれしそうじゃなかった。〝会えるのを楽しみにしてる〟なんて、うそだよ。母さんは家族をすてたって、ジャスも言ってたし、ぼくがどんなにがんばったって、愛してくれないのかも。あんなに練習したのに、バカみたいでしょ。気づくのおそすぎだよね……」

そんなふうに、家に帰るあいだじゅうロジャーに話しつづけた。〈もういいよ。ジェイミーの気持ちはわかったから〉っていうみたいに、のどを鳴らして、ニャーって言ってほしくて。

ロジャーをどうしたらいいかわからないまま、家に着いて庭にいった。うめるのはダメだよ。土の中でくさっていくなんて、考えただけで、はきそうになる。ぎゅっとだきしめたら、Tシャツがロジャーの血でぬれた。ずっとそばにいてほしいけど、でも……。このまま、永久においとくわけにいかないよね。だったら、ちゃんと送りだしてあげよう。

そのとき、暖炉の上の壺が頭にうかんだ。ロジャーも火葬して、遺灰を壺に入れようか？茶色の壺に入れて暖炉においたら、いつでもなでたり、話しかけたり、だきしめたりできるし。そうか……。父さんも、それで遺灰をまけないんだ。車に乗るときは壺にシートベルトをして、誕生日には壺のとなりにケーキをおいて、クリスマスにはローズのくつしたをつるして……。そのくらい、ほんとに、ほんとに愛してたんだね。さよならなんて、できないくらい。

池のふちにひざをついて、ロジャーの毛に顔をうずめた。顔が熱くて、鼻水でぐしゃぐしゃで、目もはれて頭もガンガンするのに涙はとまらない。息できないくらい泣きじゃくってると、うしろのほうで家の窓があく音がした。

「そんなとこで、なにしてるんだ？　寒いから早くはいりなさい」

父さんの声がしたけど、動けなくてそのままでいた。

ロジャーの体をとっておけないなら、遺灰にして持ってたい。ここで火葬しよう。そう思って枝を二本とってきて、一本は足でおさえて、もう一本の枝でこすった。ロジャーがこわがらないようにしっかりだいて、耳もとでうたいながら。でも枝はしめっていて、火はなかなかつかない。

ドアがあく音がして、ふりむくと父さんがいた。

「何度もよんだんだぞ。早く中に……」

父さんは一瞬だまってから、つぶやいた。

「ロジャー？」

父さんはぼくを立たせて、ぎゅうってだきしめた。こんなのはじめてだけど、すごくほっとして、父さんの胸に顔をうずめた。肩がふるえて、ハアハアしながら顔をおしつけたら、父さんのTシャツはぼくの涙でぐしょぐしょになった。「だいじょうぶか？」とか「おちついて」とか、父さんは言わなかった。なにも言わないのがいちばんだって知ってるみたいに。

涙が出なくなるまで泣いて、ようやく泣きやむと、父さんはぼくの背中をさすって、ジャンパーのチャックをあけた。父さんがロジャーをそっとだきあげて地面に寝かすあいだ、ぼくはだまって見ていた。父さんは、ロジャーのまぶたをそーっととじた。ビー玉みたいな目がまぶたの下にかくれると、なんだかねむってるみたいだ。

「ちょっと待ってて」

父さんは、悲しそうな目をして言った。それから、心の中でなにか決めたみたいに口をきゅっとつぐんで、家の中にはいっていった。しばらくすると、父さんはシャベルを持って出てきた。なんかはいってるみたいにジャンパーのポケットがふくらんでる。ぼくは父さんに言った。

「うめるのはやだよ。火葬にして」

「ここじゃ火葬できないよ。雪もふってるし」

「うめたらダメだよ！」

ロジャーをかかえてにげようとしたら、父さんに手をつかまれた。

父さんは、自分に言うみたいにうなずいた。それから涙をこらえるように深く息をすって、目をぱちぱちさせて、覚悟を決めたみたいに、もう一度うなずいた。

「みんな、いなくなっちゃうな」

父さんが声をつまらせる。ローズを亡くしてどんなに悲しかったか、いまはわかる気がする。

父さんが穴を掘ってるあいだ、ロジャーをなでながら、「大好きだよ」って何度も言った。また涙が出てきて、ぽろぽろ、ぽろぽろ、ほおにこぼれた。地面はかたくて、穴はなかなか大きくならない。永遠に終わらなきゃいいのに。さよならは、まだ言えそうにないから。気づいたら、となりには、ピンクの髪にもどったジャスがいた。ジャスはしゃがんで、傷ついたロジャーの体をなでながらしずかに泣いていた。

急に、父さんの手がとまった。

「このくらいでいいだろう。ジェイミー、そろそろいいか」

ぼくは首をふった。すると、父さんが小さな声で言った。

「いっしょにやろう」

父さんはポケットから、なにかとりだした。

それは、ローズの壺だった。父さんは池のほうへむかった。泣いてないけど、ものすごく悲しそうだ。雪がふった日に、ファーマー先生は、気温が低すぎると雨にならないって言ってたけど、人間も悲しすぎると涙が出ないのかな？　ジャスが両手で自分の体をかかえて立ちあがった。ぼくはロジャーをだきあげた。父さんが壺をあけた。日ざしはさっきより強くなっていて、壺は光を受けてきらきらとかがやいてる。

ぼくは穴の前にいった。父さんが壺をかたむけると、手のひらに遺灰がこぼれた。一瞬、ローズとおわかれするんだって思って、でもそのあと、これは灰で、ローズじゃないって思った。ローズは死んだんだ。これはローズじゃない。

ぼくはロジャーを穴の底に横たえた。父さんが深く息をすって、ぼくはもっと深く息をすって、その瞬間、世界がとまった。

鳥がさえずって、葉を落とした枝が風にゆれている。父さんが池に遺灰をまいた。さよならは言わなかったけど、ローズはずっとまえに死んだんだから、言わなくていいのかも……。

太陽が出てるのに粉雪が舞っていて、灰は雪にまじりながら池に落ちてしずんでいった。ぼくの金魚がスイレンのそばを泳いでる。ぼくはシャベルで土をちょっとすくった。金属の持ち手が汗ですべる。穴の上までシャベルを持っていったけど、ひっくりかえせない。ロジャーをうめるなんて……。

「ロジャーはもういない。死んだんだ。これはただのぬけがらだ。みんないつか死ぬ……」

そんなふうに、いくら自分に言いきかせても苦しくて、穴から出してあげたくなった。ツヤツヤした鼻や、長くてきれいなしっぽや、きらきらしたひげをずっと見てたい。こんなのひどいよ。

父さんがまた壺をかたむけた。手のひらに遺灰がこぼれる。それから歯をくいしばって、こぶしを下にむけてひらいた。父さんがしたなら、ぼくも……。やっとの思いで、シャベルをひっくりかえす。

「ロジャーは世界一すてきな猫だよ。ほんとに、ほんとに大好きだよ。ロジャーがいないと、さびしいよ……」

ロジャーに土がかかるところは見たくない。ちょっとでも手をとめたら、できなくなりそうだ。まわりは見ないようにして、大いそぎで手を動かした。

ロジャーが見えなくなると、たいらになるように土をならした。そのとたん、それ以上シャベルを持っていられなくなって、菌かなんかがついてたみたいに、急に手をはなしてしまった。ロジャーをうめちゃったって思ったら、涙がとまらなくて、なにもかもに腹が立って悲しくて、頭の中がぐちゃぐちゃで、気分がわるくなった。ジャスが肩に腕をまわしてきた。もうロジャーに会えないって思うと、ぞっとする。ほかのことを考えようと、あわてて涙をふいて父さんを見た。父さんは、すこしずつ、すこしずつ、遺灰をまいてる。

ジャスの手をとって父さんのそばまでいって、両側に立った。池の中では、金魚が楽しそうに尾をひらひらさせて優雅に泳いでる。灰は、金魚のきらきらしたうろこの上にも落ちた。

父さんがまた壺をかたむけた。でも、すこししか出てこない。壺の中を見た父さんはショックを受けた顔して、手がふるえてる。これで最後みたいだ。

その瞬間、自分でもわからないけど、気づいたら言っていた。

「まかなくていいよ」

「え?」

父さんは息をはずませて遺灰をにぎりしめた。顔が雪のようにまっ白だ。ぼくは言った。

「残りは、とっといたら」

父さんは首をふった。

「ローズは死んだんだ。これはもうローズじゃないし……」

苦しそうにつぶやきながら、池のほうに手をのばす。ぼくは言った。

「でも、ローズだったんでしょ。すこしとっときなよ」

ぼくの涙は、いつの間にかとまっていた。父さんがぼくを見て、ぼくも父さんを見て、言葉にできない気持ちがいったりきたりした。

父さんは遺灰を壺にもどした。

限界まで寒くなってきたから、ぼくたちは家の中にはいった。

父さんは二階にあがって、すぐにおりてきた。暖炉の上を見ると、ローズの壺がない。父さんが部屋に持ってったみたいだ。それでいいんだって思った。九月九日とか、ほんとうにつらいときに壺があれば……。ローズが死んだ九月九日は、何年たってもきついにきまってる。ぼくだって、一月六日がくるたびにロジャーを思い出すだろうし。この先どんなにたくさんペットを飼ったって、どんなにかわいい猫に出会ったって、ロジャーのことはわすれないよ。

ジャスがお茶をいれてくれた。お茶のあと、ぼくは二人の顔を見ながらだまっていた。ジャスと父さんもなにも言わない。まだ涙が出て、のどがひりひりして、胸とおなかがきゅうってなる。でも、ぼくたちの中でなにかが変わったみたいだった。

今日もジャスはちょっとしか食べなくて、父さんはお酒を飲んでたけど、いつもとちがうのは、みんな自分の部屋にいかないで一日いっしょにいたんだ。

「映画でも観ない？『スパイダーマン』とか」ってジャスにきかれて、「たまにはほかのにする？」って言ったら、ジャスはコメディーをえらんだ。三人で映画を観て、だれも大笑いはしなかったけど、すごくおかしい場面のときは、にやってしたよ。

「その髪、なかなかいいぞ」って、父さんはジャスに言った。「ありがと」ってジャスが答えると、「似合ってるよ」って父さんは言った。

寝る時間になって、居間を出るまえに、父さんにぎゅうってだきしめられた。

窓の外ではたくさんの星が、夜道を歩く猫の目みたいにひかってる。ロジャーに会いたいな。生きかえって、いつもみたいに出窓の前にいたらいいのに……。ベッドにはいってそんなことを考えてたら、父さんがココアを持って部屋にはいってきた。湯気が顔にあたるとあたたかくてほっとして、飲んでみると、粉はちゃんと溶けていた。

22
飛びたつ勇気

朝、ベッドからおりるときや歯をみがいてるときに、ロジャーがまとわりついてきたり、ぼくがチョコクリスピーを食べてるとひざに乗ってきたり……。そんな気がしたけど、やっぱりロジャーはいない。家の中はがらんとしていて、胸にぽっかり穴があいたみたいだ。

父さんは、ぼくたちが学校にいくまえにおきてきた。ちょっと二日酔いっぽいけど、父さんは変わろうとしてるし、かんぺきな人間なんていないもんね。それに、そばにいてくれる父さんのほうが、母さんの何倍もいい親だよ。いつもいい父親じゃなかったかもしれないけど、それはローズが死んで悲しかったからでしょ？　猫が車にひかれてこんなに悲しいなら、爆弾で娘を吹きとばされたらどんな気持ちか……。

学校に着くと、ちょうど道にスーニャがいた。ぼくはバックミラーを見た。父さんもスーニャに気づいたみたいだ。口をきゅっとつぐんで、それからなにか言おうとした。「おれの娘はイスラム教徒に殺されたんだ」ってスーニャにさけぶか、「あの子には近づくな」ってぼくに言うのかと思った。でも、父さんはこう言ったんだ。

「今日は仕事にいくよ。帰りは六時すぎになるから」

ジャスが、それでいいよっていうみたいに、父さんの腕をぎゅってすると、父さんはうれしそうな顔になった。

「学校、楽しんでこいよ。いまの成績をキープできるように、勉強もしっかりな」

ぼくは車をおりて、校舎にむかった。

こんな血だらけの服を着てたら、殺人鬼にまちがわれるかも。そう思ったけど、今日もスパイダーマンのTシャツを着てきた。母さんのためじゃなくて、これを着てるとロジャーがそばにいる気がするんだ。

教室の前には、ダニエルとライアンがいた。

「ヘタレ登場」

こわかったけど、まっ赤な顔でふるえたりにげたりしないで、ドアのほうに歩いていく。

「きったねえ服」

「死にぞこないのスパイダーマン」

にやにやしながらハイタッチする二人の手の下をくぐって教室にはいると、ダニエルに足をけられた。痛くて、頭にきて、なぐってやろうかと思ったけど、倍返しされそうだからやめた。ダニエルが、勝ったっていうみたいに、にやっとする。いさぎよく負けたテニス選手のことを考えても、なんだか怒りはおさまらなくて、胸の中で犬がうなってるみたいな声がした。ダニエルが教室じゅうにきこえる声で言った。

「ほんとヘタレ」

ダニエルをにらむか、なんか言いかえしてくれないかなって思いながら、スーニャのとなりにすわった。でも、スーニャは気配を消そうとするみたいにちぢこまっていて、ぼくのほうを見ようともしない。

「ぼくのカード読んでくれた？　ぼくとスーニャの雪だるま、おかしかったでしょ。タレントショーで、ジャスの歌すごかったんだよ。人がたくさんいてどうしようかと思ったけど、ぼくも歌とダンスがんばったんだ。スーニャにも見せたかったな。なんできてくれなかったの？」そう言おうとして、思い出した。スーニャは、「ジェイミーといるとあぶない目にあう」って、お母さんに言われてるんだ……。それでだまって筆箱を見てたら、先生が教室にはいってきて出欠をとりはじめた。

一時間目は、〝とってもすてきなクリスマス〟っていう作文を書くことになった。「段落のわけ方を工夫してね」って先生が言った。ぼくのクリスマスはぜんぜんすてきじゃなかったけど、うそを書く気にはなれなくて、ほんとのことを書いた。

〝ジャスはプレゼントをたくさんサッカー用のくつしたにつめてくれました。ぼくはチキンサンドと、冷凍のフライドポテトと、チョコを食べました。いちばんの思い出は、クリスマスキャロルを大声でうたったことです。『とってもすてきなクリスマス』ではなかったけど、ジャスがいたから楽しかったです〟

いままででいちばんよく書けたかもって思ってたら、先生も「いい作文ね」ってほめてくれて、ぼくのてんとう虫をいちばん下の葉っぱにのせた。クリスマスのあと、かべのかざりは、天使からてんとう虫に変わったんだよ。

作文のあとは算数で、そのあと集会があった。校長先生は、「教育水準局の判定で、この学校の評価は〝可〟でした」って発表した。可っていうのは、すごくよくはないけど、〝まぁ、いいでしょう〟って意味なんだって。校長先生は言った。

「一つ上の評価をもらえるはずでしたが、あるクラスでざんねんなことがあって……」

ファーマー先生が首をふって、あなたのせいよっていうみたいにダニエルをにらんだら、ダニエルは下をむいた。

そのとき、だれかに見られてる気がして、顔をあげると、スーニャがいまにも笑いだしそうな顔で見ていた。でもつぎの瞬間、スーニャは前をむいて、校長先生の話にうんうんってうなずいた。そのあとはもう、こっちを見てくれなかった。

「今年、みなさんはどんな目標を立てましたか。〝つめをかまない〟とか〝指しゃぶりしない〟とか、そんなのではなく……」

　みんながどっと笑った。校長先生はほほえんで、しずかになるのを待ってつづけた。

「そのためだったらつらくてもがんばれる、そんな目標を立てましょう。目標にむかって努力するときはわくわくしますが、それだけではありません。こわいと思っても、困難に立ちむかって……」

　その瞬間、ぼくの目標がわかった。


　休み時間はスーニャをさがして、校庭のベンチや体育倉庫にいったけど、どこにもいない。「カレー菌」って言われたくなくて、トイレにかくれてるのかもって思ったら、ダニエルに腹が立って、胸の中の犬がさっきより大きな声でほえた。

　スーニャは、まだおこってるのかな。ブル・タックの指輪はしてないけど、いまも持ってるなら、おこってないってことだよね……。そう思ったら、スーニャの筆箱に指輪がはいってるか気になって、歴史の時間も地理の時間もぜんぜん集中できなかった。〈これ、つけてきたよ〉って、ぼくの指輪で机をコツコツたたいても、スーニャは無視して教科書を見ていた。

ロジャーのことで胸がいっぱいで、サンドイッチを食べる気になれないし、一人で校庭に出るのもいやで、昼休みはトイレにいって、ハンドドライヤーのモンスターと戦うことにした。

モンスターの炎で皮膚が溶けて、骨が黒こげになるころ、外でなんかさけんでる声がした。一瞬、モンスターかと思ったけど、「カレー菌！」って言ってるみたいだ。窓をあけると、校庭のむこうのほうで、スーニャがダニエルからにげようとしていた。ダニエルはスーニャにしつこくからんで、それをライアンとメイジーとアレクサンドラが笑って見てる。

「カレーくさっ！　こんなへんなの、かぶっちゃって」

ダニエルがスーニャのヒジャーブにさわった。それから、むりやりとろうとして……。その瞬間、ぼくの胸の中でなにかがほえた。犬もモンスターも銀のライオンもかなわないくらい、ものすごい声で。

その声は、胸や、頭や、体じゅうにひびきわたって、気づいたら廊下を走っていた。ドアをバンッてあけて、校庭にとびだしてさけんだ。

「スーニャ！」

ぼくを見て笑ってる人がいるけど、そんなのどうでもいいし。あたりを見まわすと、スーニャは校庭のまん中にいた。ダニエルにとられないように、ヒジャーブをおさえてる。スーニャの髪(かみ)はかくしてなきゃいけないのに、みんなの前でヒジャーブをとられたら……。

「やめろよ！」

大声でさけんだら、ダニエルがふりむいて、にやっとした。

「カレー菌(きん)をたすけにきたのか」

いきおいあまってころびそうになりながら、立ちどまった。ダニエルが、なぐろうとするみたいに腕(うで)まくりする。ライアンもすごい顔でにらんでる。

「あっちいけ！　スーニャにさわるんじゃない！」って、カッコよく言おうとした。でも言えなくて、それでダニエルのそばにいって、けろうとしたけど、足が麻痺(まひ)したみたいに動かない。人が集まってきて、みんながぼくを見てる。ダニエルが言った。

「ヘタレ」

「ほんとヘタレ」「弱すぎ」って、まわりからもきこえた。ほんとにそうかもって思いながら、あとずさりする。まえにけられたとき、すごく痛(いた)かったし、もうあんな目にはあいたくない……。

ダニエルが太い指でヒジャーブをつかんだ。スーニャが泣きだす。「とれ！とれ！」って、みんな言いだした。タレントショーの観客が「帰れ！　帰れ！」ってさけんでたみたいに。あのときとおんなじだって思ったら、また舞台(ぶたい)に立ってる気がした。まわりの音が消えて、景色がうすれていって、ジャスの歌がきこえてきた。
「あなたが笑うと　心は天までとどきそう
あなたの強さが　飛びたつ勇気をくれる
糸につながれ　空をかける　凧みたいに
あなたがいれば　最高のわたしでいられるの」
歌は大音量で、体じゅうに鳴りひびいた。
つぎの瞬間、気づいたら、目の前でスーニャが泣いていた。ヒジャーブはとれかかっていて、ダニエルが笑ってる。「とれ！　とれ！」って、みんながさけんでる。こんなの、ぜったいゆるせない。ぼくは、ものすごい大声でさけんだ。
「やめろーーー！」
ダニエルはふりむいて、ぼくがこぶしをにぎってるのを見て、〈え？〉って顔をした。ぼくは、ダニエルにされたいろんなひどいことを思い出しながら、むかっていった。ダニエルはおびえて、目を見ひらいている。鼻をなぐったら、ダニエルは地面にたおれて、ぼくはもう一発、もっと強くほおをなぐった。スーニャがびっくりして、ぼくを見てる。ぼくはダニエルをけった。
「おまえがしたことは最低だ！」って、またけった。

「二度とするな！」

そう言いながらもう一度けった。みんなこわがって、うしろにさがった。ライアンがにげていった。ダニエルはたおれたまま、手で顔をかばってる。よく見えないけど、泣いてるみたいだ。

もっとけって、ふみつけて、おなかをなぐって、ひじ打ちして……って思ったけど、急に気がすんだ。負けつづけた試合に勝ったから、これでじゅうぶんだ。

そのとき笛が鳴って、昼休みは終わった。

23
おとなが正しいとはかぎらない

つぎの歴史の時間、ファーマー先生に校長室にいかされて、すこししかられた。でも、授業が終わってコートをとりにいったら、四人くらい「じゃあね」って、いままで話したことなかったのに、言ってくれたんだ。ぼくも「じゃあね」って言って、「明日、サッカーの練習くる?」ってきかれたときは、「もちろん」ってソッコーでうなずいて、そしたら「じゃ、明日な」って言われた。

そんなふうにみんなと話してても、ダニエルはなにも言わないし、ぼくを見ようともしない。ダニエルの鼻血はとまってるみたいだけど、あざができていて、ずっと泣いてたから顔がまっ赤だ。算数の時間、ダニエルのノートを見たら、字も涙でにじんでたよ。

頭の中でいろんな気持ちがふくらんで、はじけて、体がふわふわして、レモネードがシュワシュワ体の中を流れてるみたいだ。分数の計算は四問しか解けなくて、足もなんかへんで、授業中、五回もスーニャの足にさわっちゃった。そのうち二回はわざとだけど。

スーニャは、「ジェイミーの足は危険だから近づけないで」とか言わないで、ノートを見てた。笑うのをこらえてるみたいな顔で、ペンの先をかみながら。

校舎を出たら晴れていて、ターコイズブルーの空に巨大なビーチボールみたいな太陽が見えた。土の中のロジャーにも、光がとどけばいいのに。地面の下にひとりぼっちで、寒かったり、こわかったり、さびしかったりしないかなって思ったら、ピザ食べ放題のお店で食べすぎたみたいにむかむかして、胸が苦しくなった。胸に手をあてて、へいによりかかって、そしたらすこしよくなったけど、まだちょっと胸がきゅうってする。

そのとき、足音がきこえた。シャラシャラって、ブレスレットが鳴る音もして、ふりむくとスーニャが走ってくるところだった。まっ黄色のヒジャーブをつけたスーニャは腰に手をあてて、まっ白な歯を見せて笑った。

「さよならくらい、言ってよ」

スーニャはぼくのとなりで、へいの上にすわって足を組んだ。スーニャが話すと、くちびるのはしのしみが動いて、目は太陽の百万倍くらい、過去最高にきらきらしてる。きれいな景色や、絵や、教室のおもしろいかざりみたいに、ずっと見ていたいくらいかわいい。

「さっさといっちゃうんだもん。お礼言いたかったのに」

そう言われたら顔がにやけちゃって、あわててほっぺの内側をかんで「なんのこと?」ってとぼけた。スーニャがほおづえをついた。中指の、あの青い輪っかは……。ブル・タックの指輪だ!

指輪の茶色い石と、くちびるのはしのしみと、すいこまれそうに大きな茶色い瞳を見て、そのとき思った。嫉妬は赤で、うたがいの色は黒だったけど、幸せは茶色だって。スーニャが言った。

「ダニエルをなぐって、わたしをたすけてくれたじゃない」

「たいしたことじゃないよ」

やっとともだちにもどれたって、最高にうれしくって、〈おちつけ〉って、何度も自分に言いきかす。

「ううん、すごかった」

そう言いながら、スーニャは笑いだした。スーニャは笑うととまらないから、ぼくまでなんだかおかしくなってきて、おなかが痛くなるまで笑ったんだ。さんざん笑ったあとで、口がバナナみたいな形になるくらいにっこりして言った。

「スパイダーガール、ほんとにもういいから」

「ありがと。スパイダーマン」

スーニャは笑うのをやめて、ぼくの肩に手をおくと、耳もとでそっと言った。「スパイダーマンよりカッコよかったよ」って。

急に暑くなってきて、息が苦しくなる。どうしていいかわかんなくなって、溶けかけた雪をけってたら、スーニャはへいの上に立って、ぴょーんってとびおりた。

「いっしょに帰る?」

ぼくはあたりを見まわした。

「でも、お母さんは、だめって言ったんでしょ」

「おとなはわかってないから」

スーニャは、にこってして、腕を組んできた。

歩きながらロジャーのことを話したら、「そうだったんだ……。すてきな猫だったよね」って、スーニャは言った。スーニャはロジャーに会ったことないけど、ほんとにそうだよ。ロジャーは世界一すてきな猫だった……。

そんなことを考えながら歩いてると、またハンチングのおじいさんに会った。フレッドはしっぽをぶんぶんふってる。手をなめられて、よだれでべちょべちょになったけど、いやじゃない。おじいさんはパイプをすっていて、町じゅうでたき火をたく〝ガイ・フォークス〟の夜のにおいがした。

「きみは、きのうの子だね……。だいじょうぶ？」

肩をすくめたら、おじいさんは「わかるよ」って、ほんとにそう思ってるみたいに言った。

「ぼくも去年、ピップっていう犬を亡くして、まだ悲しいからね。四か月まえにこの……」

おじいさんはフレッドを指さした。

「やんちゃぼうずを飼いはじめたんだ。ほんとに手がかかって……」

そのとき、フレッドがぼくにとびついて、おなかをおした。おじいさんはなんか考えてるみたいに、パイプで頭をかきながら言った。

「気にいられたみたいだな。もしよかったら、今度こいつの散歩を手伝ってくれないか」

ぼくはフレッドの灰色の耳にふれた。

「それ、すっごくうれしいです」

「そうか！　ぼくはあの家に住んでるから、いつでもきていいよ」

おじいさんはにっこりして、数メートル先の白い家を指さした。

「ちゃんと、お母さんに言ってからくるんだよ」

「うちは、母さんはいないけど、父さんに言います」

「うん、そうしなさい」

おじいさんはぼくの頭をなでながら、フレッドに言った。

「そろそろいこうか」

フレッドは、ぼくのおなかに足をのせたまま、無視してる。ぼくはむちむちした足をにぎって、そっと地面におろした。おじいさんはフレッドの首輪にリードをつけて、ゆっくり歩いていった。〈じゃ、またな〉っていうみたいにパイプをふって。

スーニャがそれを見ながら、「そしたら、わたしもサミーをつれてくるから、いっしょにいろんなところにいこう！」って言った。


「ロジャーのお墓にお供えしたい」って言われて、お店によることになった。スーニャは五十ペンスしか持ってなかったけど、小さな赤い花を買った。レジには、ぬいぐるみがおいてあった。それを見たら、すごくいい考えがうかんで、ぼくはおばあちゃんからもらったお金でそれを買った。

家に着いて、庭にいって、車がないのに気づいた。でも、〈父さんはちゃんと仕事にいったのに、ぼくはイスラム教徒を家につれてきたりして……〉とは思わなかった。父さんはスーニャが好きじゃないし、スーニャのお母さんだって、ぼくをよく思ってないけど、おとなが正しいとはかぎらないから。

土をうめなおしてあるところが、ロジャーのお墓だ。

「ここにうめたんだ」

ぼくが指さすと、スーニャはひざをついて地面にさわった。

「すごくすてきな猫だったよね」

ぼくもしゃがんで、「うん。あんな猫いないよ」って答えた。スーニャは手をのばして、中指にはめた指輪を見た。

「この指輪には秘密があって……」

いつもとちがう低い声にぞくっとして、鳥肌が立つ。指輪の茶色い石を見ながらきいた。

「どんな？」

スーニャはあたりを見まわして、だれもいないことをたしかめてから、ぼくのTシャツをひきよせて、耳もとでささやいた。

「死んだものがよみがえるの」

ききたいことでいっぱいなのに、なにも言えないでいたら、スーニャが言った。

「二人の指輪をお墓においとくと、夜のあいだだけ生きかえるんだよ。十二時の鐘が鳴ったら、ロジャーは地上に出てきて、庭で遊んだりネズミをとったりするの」

うれしくなって、「ぼくにも会いにくるかな」ってきいたら、「うん、ぜったい」ってスーニャは言った。

「魔法の力で窓を通りぬけて、のどをゴロゴロ鳴らしながら、あったかくてふわふわした体ですりよってきて……。でもジェイミーが目をさますと、ロジャーは消えるの。地面の下に帰って、寝る時間だから。そうして昼間は力をたくわえて、夜になったらくるんだよ」

ありえないってわかってても、そんなふうに想像するとうれしくなる。スーニャは、自分とぼくの指輪をはずして、二つの石をくっつけた。ロジャーがうまってる地面に、ぼくが小さな穴を掘ると、スーニャは指輪にキスした。ぼくも指輪にキスして、二人で穴に入れる。土と雪をかぶせるとき、四回もスーニャの手にさわっちゃった。うめおわると、スーニャは赤い花をのせた。

「これで、ロジャーは魔法がつかえるよ」

胸が苦しかったのが、すこし楽になった。

そのとき、だれかが家の中から窓をたたいた。〈父さんだ！〉って思って、スーニャをかくすように立ったら、学校から帰ってきたジャスだった。ピンクの髪のとなりには、緑の髪も見える。ジャスがにこにこしながらスーニャに手をふると、スーニャもぼくのうしろから顔を出して手をふりかえした。それからジャスはレオの手をとって、二人はキスしながら居間にはいって、ドアをしめた。

庭が突然小さくなって、せまい場所に二人でおしこまれたみたいに、スーニャがすごく近く感じた。体が動かなくなって、どこを見たらいいかわからなくなる。スーニャは、ぼくから目をそらしたまま立ちあがった。手もひざも雪でぬれている。

「もう帰らないと……。これ以上おそくなったら、母さんに殺されそう」

今日はいろんなことがあったから、「じゃあね」って言うんじゃ足りないし、ほんとは「もうすこしいてよ」って言いたいけど……。スーニャは服で手をふくと、握手するみたいにのばして、いつもより高い声で言った。

「ずっと、ともだちでいようね」

「うん」って手をにぎったら、一瞬で熱くなった。手をはなすとき目があったけど、すぐそらした。

枝にコマドリがとまってる。胸が赤くて、羽は茶色で、くちばしが動いて……。

「ジェイミー」

いきなりよばれてびっくりしてると、スーニャがにこにこして、褐色の指でヒジャーブをつかんで……。頭からとった。ひたいと、ツヤツヤした髪が見えた。髪は黒くてまっすぐで、シルクのカーテンみたいに肩にかかってる。

スーニャはずかしそうに目をぱちぱちさせた。ちょっと近づいたら、いつも以上にかわいくて、目に焼きつけたくて、じーっと見た。それから顔を近づけて、くちびるのはしのしみにキスした。校長先生が「目標にむかうときは、こわいけどわくわくする」って言ってたけど、ほんとにそうだ。

スーニャはびっくりしたみたいに息をのむと、急にかけだした。髪が風になびいて、遠ざかっていく。

「じゃあね！」

〈どうしよう。いやだったかな〉って思ったら、スーニャはふりむいて、しみにさわってにこっとした。それから、ぼくにむかって投げキスをしたんだ！　ダイヤみたいにきらきらした目を見たら、これ以上なにもいらないくらい、世界一幸せだって思ったよ。

家にはいって、階段をのぼって、自分の部屋にいった。鏡を見ると、Tシャツを着たぼくがいる。スパイダーマンのTシャツは、いつのまにか、ぼくには小さくなったみたいだった。Tシャツを頭からぬいで、床に投げる。もう一度鏡を見ると、スーパーヒーローはもういなかった。

そこには、ジェイミー・マシューズが立っていた。

ぼくはシャワーを浴びて、パジャマを着た。

父さんは六時に帰ってきて、ベイクドビーンズ・トーストをつくってくれた。テレビを観ながら食べてたら、「学校はどうだった?」って父さんがきいて、ぼくは「楽しかった」って答えた。「わたしも」って、ジャスが言う。レオとスーニャがうちにきたことは、言わなかった。あれは、ぼくとジャスの秘密だ。

ジャスはふた口しかトーストを食べられなくて、父さんはビールを三缶飲んだ。視学官がうちを見にきたら、ぼくたちがもらえるのは〝優〟とか〝良〟じゃなくて、〝まぁ、いいでしょう〟の〝可〟だな。でも、それでいいよ。

夕食のあと、さっき買ったぬいぐるみを背中のうしろにかくして、ジャスの部屋にいった。ジャカジャカうるさいギターをバックに人が絶叫してる音楽をかけて、ジャスは黒いマニキュアをぬってるところだった。ジャスは手をひらひらさせて、マニキュアをかわかしながら言った。

「なんか用?」

「誕生日にTシャツくれたの、ジャスでしょ」

ジャスの手がとまった。すごくこまった顔してるから、「いいよ。べつに」って言ったら、ジャスはつめに息を吹きかけて言った。

「ごめん。母さんがわすれてるって知ったら、がっかりすると思って」

「うれしかったよ」

ぼくはベッドにすわった。ジャスは小指のつめにマニキュアをぬってる。

「母さんからじゃなくても？」

「ジャスのほうがいいよ。おかえしに、これ買ったんだ」

ぼくは、茶色いクマのぬいぐるみをさしだした。

「バートのかわり。目もとっといたから」

ジャスは、クマにマニキュアがつかないように気をつけてひざにのせた。ぼくは音楽をとめた。

「タレントショーでうたった歌、おぼえてる？」

ジャスはクマをなでながら、ゆっくりうなずいた。

「ずっと言おうと思ってたけど、あれはぼくにとって、ジャスのことだよ」

ジャスは目をぱちぱちさせた。涙をこらえようとしてるみたいだけど、マニキュアのにおいのせいかな。

「あなたの強さがー　飛びたつ勇気をくれるー」

ぼくはわざと、超音痴にうたった。そしたら、「もういい。出てって！」って、こづかれた。

でも、顔は笑ってたから、ぼくもにっこりした。

訳者あとがき

人の死は個人的なもののはずなのに、テロの遺族は個人として死をいたむことができない――作者のアナベル・ピッチャーは、父親をテロで亡くした人の話をきいて、そう思ったといいます。犠牲者がどんなふうに亡くなったのか、世界じゅうが知っていて、毎年、事件がおきた日には追悼番組が流れ、遺族は死の瞬間をくりかえし見なければならないからです。ピッチャーのデビュー作である本書は、テロや死という大きな問題を、子どもの視点から描いた作品として高く評価され、第一作目となる優れた児童書を書いた作家とその編集者に贈られるブランフォード・ボウズ賞を受賞しました。またイギリス最大の児童文学賞のひとつであるカーネギー賞の最終候補にも選ばれています。

一九八二年、イギリスのウェストヨークシャーに生まれたピッチャーは、大学卒業後シナリオライターや教員をへて作家になりました。本書の着想は、旅行で訪れた南米で得たそうです。テロの事件を背景にした物語を子どもにむけて書くことはできないだろうか。センチメンタルにならないようにするには、事件の記憶がない子どもを語り手にしたらどうだろう。そんなことを考えていたら、ジェイミーのすがたが頭にうかんできたのです。

ジェイミーの父親は悲しみを忘れるために一日じゅう酒を飲んでいますが、ジェイミーと姉のジャスはそれをみとめるのがこわくて、ぜったいに話題にはしません。また父親が飲みすぎて吐く音やどなり声をきかなくてすむように、ジェイミーはテレビの音量をあげたり、毛布をかぶってハミングしたりして、その重い事実から目をそらそうとします。ジェイミーはさまざまな別れをへて、「ちょっと二日酔いっぽいけど、父さんは変わろうとしてるし、かんぺきな人間なんていない」と、父親の弱さを受け入れられるようになるのですが、本作では、そうした内面の変化が、心のひだにふれるように繊細に描かれています。そして、どれほど行き場のない思いを抱えていても、ジェイミーの語りにはいつもユーモアがあります。この本の原書を開いたときから、わたしは彼のいきいきとした語りにひきこまれ、読みおえたときには日本で紹介したいと強く思いました。

気持ちを色で表すような、感性の豊かなジェイミーですが、あっけらかんとした能天気な面もあります。両親のけんかの最中におなかがすいて、食べもののことを考えたり、母親の気持ちがはなれてしまったことをなかなか受け入れられなかったりするのは、十歳の少年の等身大のすがたです。夜中にジャスのボーイフレンドのレオがきたときは、レオを母親とまちがえてジャスに嫉妬するなど、ジェイミーはときに思いこみで突っ走り、子どもらしい好奇心から遺灰の壺をのぞいては、ただの砂みたいでつまらないと感じます。そんな子どもらしさと、子どもが持つ繊細さや洞察力、スーニャへの不器用な想いがあわさって、この主人公のリアリティをつくっているのでしょう。

ジェイミーを救ったのは、想像力豊かで溌溂としたイスラム教徒の少女、スーニャでした。スーニャはバングラデシュ系の移民二世です。第二次世界大戦後、イギリスは労働力をおぎなうために多くの移民を受け入れてきました。そのなかにはスーニャの家族のように、社会にとけこみ地位をきずくことのできた人がいる一方で、進学や就業の際、見えない差別を受けたり、いつまでも貧困からぬけだせなかったりする人もいます。ジェイミーの父親はイスラム教徒を毛嫌いしていますが、今ヨーロッパでテロをひきおこしているのは、宗教や民族の対立というよりむしろ、じゅうぶんなチャンスがあたえられない社会の閉塞感であり、それが一部の人たちを過激な思想にむかわせているともいわれています。

本書の背景にあるテロは、二〇〇五年七月七日にロンドンでおきた事件を思わせます。この同時爆破テロでは、地下鉄三か所とバスの爆発で五十人以上が亡くなり、アルカイダというイスラム過激派の思想に共鳴したパキスタン系イギリス人とジャマイカ系イギリス人の犯行だと報じられました。テロは今も世界じゅうでおきていて、ロンドンでは、イスラム教徒によるテロへの報復として、イスラム教徒をねらったテロもありました。それぞれがちがいをみとめあい、すべての子どもが平和に生きられる世界になることを願ってやみません。

ジェイミーは、再出発しようとしている父親を見て、いろいろな問題を抱えている自分の家族は、優や良じゃなく「まぁ、いいでしょう」の「可」かもしれないけど、それでいいと気づき、そばにいる人をたいせつにすることで得られるよろこびを知ります。どんな人生にも愛する人をうしなう瞬間があり、人はみな、自分のもとに残ったもののなかでなんとかやっていくしかないのです。

ジェイミーはスーニャをとおして異文化にふれ、大きく成長していきます。おとなが正しいとはかぎらないから、スーニャとともだちでいようと、自分の頭で考えて決めるジェイミーのすがたは、異なる他者との出会いがどれほど人生を豊かにするかを教えてくれます。

本書の出版が決まるまえ、翻訳家の中村妙子先生から冒頭の部分の訳についてご教示を賜りました。厚く御礼申しあげます。また、はじめて本を訳すわたしを励ましながら、ジェイミーの声が見つかるまで導いてくださった偕成社編集部のみなさま、どうもありがとうございました。

八年まえに亡くなった母に、この本をささげます。

中野怜奈

アナベル・ピッチャー

ANNABEL PITCHER

1982年、英国ウェストヨークシャー生まれ。オックスフォード大学で英文学を学んだ後、テレビ番組のシナリオライターや英語教員を経て、本書により作家としてデビュー。第1作目となる優れた児童書を書いた作者と編集者にあたえられるブランフォード・ボウズ賞を受賞。35歳以下でデビューした期待の新人に贈られるベティ・トラスク賞の一人に選ばれた。第2作『ケチャップ・シンドローム』は、ウォーターストーン児童文学賞最優秀賞及び、アメリカ探偵作家クラブが選ぶエドガー賞ヤングアダルト部門を受賞している。

中野怜奈

REINA NAKANO

1983年、東京生まれ。津田塾大学大学院イギリス文学専攻修士課程修了。学校司書として勤務しながら、ミュンヘン国際児童図書館の日本部門を担当。国立国会図書館国際子ども図書館では非常勤調査員として翻訳業務に携わっている。東京在住。

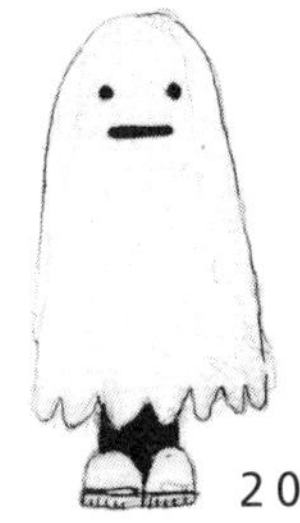

さよなら、スパイダーマン

2017年11月 1刷
2018年 5 月 3刷

著者 アナベル・ピッチャー
訳者 中野怜奈
発行者 今村正樹
発行所 株式会社偕成社
東京都新宿区市谷砂土原町3-5 〒162-8450
電話 販売 03-3260-3221
編集 03-3260-3229
http://www.kaiseisha.co.jp/

印刷所 小宮山印刷株式会社／中央精版印刷株式会社
製本所 中央精版印刷株式会社

 20cm 310p. NDC933 ISBN978-4-03-726900-5
Published by KAISEI-SHA. Printed in Japan.

本のご注文は、電話・ファックスまたはEメールでお受けしています。
Tel：03-3260-3221 Fax：03-3260-3222 e-mail：sales@kaiseisha.co.jp

アレックス・ジーノ 島村浩子 訳

ジョージと秘密のメリッサ

ジョージと秘密のメリッサ

アレックス・ジーノ 作

島村浩子 訳

「男の子のふりをするのはほんとうに苦しいんだ」

4年生のジョージは見た目は男の子だが、内面は女の子。家族にもいえないけれど、本当は誰かにわかってもらいたい。特にママには。学校の劇で女の子役を希望してみるけれど、先生は聞き入れてくれない。ふとしたはずみで親友の女の子ケリーに打ち明けると、ケリーは、2回目の公演で役を入れ替わろうといってくれる。
自分の体の性別に違和感をもつトランスジェンダーの子の思いをていねいにすくいとった物語。